藝　文　叢　刊

藝　概

〔清〕劉熙載

浙江人民美術出版社

點校説明

《藝概》六卷，清劉熙載撰。熙載（一八一三—一八八一），字伯簡，號融齋，晚號寤崖子，世稱融齋先生，江蘇興化（今屬泰州市）人。少孤貧，篤行力學，嘗以「志士不忘在溝壑」「遁世不見知而不悔」二語自勵。道光二十四年（一八四四）成進士，選庶吉士，散館授編修。咸豐三年（一八五三），入直上書房。與諸王進講論議，悉規於正。後官至廣東提學使。晚年主講上海龍門書院以終。著有《古桐書屋六種》《古桐書屋續刻三種》等。生平事蹟見俞樾《左春坊左中允劉君墓碑》及蕭穆《劉融齋中允别傳》等。

《藝概》乃劉氏論藝之作，全書包括《文概》《詩概》《賦概》《詞曲概》《書概》及《經義概》等六部分，分别從起源、發展過程及具體做法等層面對各體文藝進行了探討。約略言之，《藝概》一書有以下價值：一，在傳統文藝理論基礎上，將部分批評範疇進一步深化，因此可視爲古典文藝思想的總結之作。二，劉氏學兼儒、釋、道，且主張調和漢、宋，故能持論貫通而圓融，正如不少學者指出的「他（劉熙載）的《藝概》的突出優點就是對文藝的評論研究有很多辯證的美學思想」（王世德《劉熙載藝概中的辯證的美學思想》）。三，强調士人器識擔當，尤其注重經世致用，反映出晚清理學思潮影響下人們對文藝的追求。四，對各體文藝具體創作的討論切中肯綮，富於指導意義。以《詩概》爲例，近代學者夏敬觀即評價道：「自來闡明作詩之法，能透徹明曉者，無過於劉融齋《藝概》中之《詩概》。」（《唐詩説》）可見一斑。

《藝概》初刊於同治十二年（一八七三），後有光緒間嶺南重刊本、民國間富晋書局鉛印本數種行世。此次出版，以《續修四庫全書》所影同治初刊本爲底本，予以標點整理，并改正了書中部分訛字。另親友於劉氏身後輯有《游藝約言》一種，「與《藝概》相類」，因據《古桐書屋續刻三種》所收本標點整理附於書後。除此而外，還選録俞樾《左春坊左中允劉君墓碑》及蕭穆《劉融齋中允别傳》等資料，以便研讀。

目録

自敘

藝者，道之形也。學者兼通六藝，尚矣。次則文章名類，各舉一端，莫不爲藝，即莫不當根極於道。顧或謂藝之條緒綦繁，言藝者非至詳不足以備道。雖然，欲極其詳，詳有極乎？若舉此以概乎彼，舉少以概乎多，亦何必殫竭無餘，始足以明指要乎！是故余平昔言藝，好言其概，今復於存者輯之，以名其名也。莊子取「概乎皆嘗有聞」，太史公歎「文辭不少概見」，「聞」「見」皆以「概」爲言，非限於一曲也。蓋得其大意，則小缺爲無傷，且觸類引伸，安知顯缺者非即隱備者哉？抑聞之《大戴記》曰：「通道必簡。」概之云者，知爲簡而已矣。至果爲通道與否，則存乎人之所見，余初不敢意必於其間焉。同治癸酉仲春，興化劉熙載融齋自敘。

卷一

文概

《六經》，文之範圍也。聖人之旨，於經觀其大備，其深博無涯涘，乃《文心雕龍》所謂「百家騰躍，終入環内」者也。

有道理之家，有義理之家，有事理之家，有情理之家，四家說見劉劭《人物志》。文之本領，祇此四者盡之，然孰非經所統攝者乎？

九流皆託始於《六經》，觀《漢書·藝文志》可知其概。左氏之時，有《六經》未有各家，然其書中所取義，已不能有純無雜。揚子雲謂之「品藻」，其意微矣。

《春秋》文見於此，起義在彼。左氏窺此秘，故其文虛實互藏，兩在不測。

微而顯，志而晦，婉而成章，盡而不汙，懲惡而勸善，左氏釋經，有此五體。其實左氏敘事，亦處處皆本此意。

《左氏》敘事，紛者整之，孤者輔之，板者活之，直者婉之，俗者雅之，枯者腴之，翦裁運化之方，斯爲大備。

劉知幾《史通》謂《左傳》「其言簡而要，其事詳而博」。余謂百世史家，類不出乎此法。《後漢書》稱荀悦《漢紀》「辭約事詳」，《新唐書》以「文省事增」爲尚，其知之矣。

煩而不整，俗而不典，書不實録，賞罰不中，文不勝質，史家謂之五難。評《左氏》者，借是説以反觀之，亦可知其衆美兼擅矣。

杜元凱序《左傳》曰「其文緩」，吕東萊謂「文章從容委曲而意獨至，惟《左氏》所載當時君臣之言爲然。蓋繇聖人餘澤未遠，涵養自别，故其辭氣不迫如此」。此可爲元凱下一注脚。蓋「緩」乃無矜無躁，不是弛而不嚴也。

文得元氣便厚。《左氏》雖説衰世事，却尚有許多元氣在。

學《左氏》者，當先意法而後氣象。氣象所長，在雍容爾雅，然亦有因當時文勝之習而觭重以肖之者。後人必沾沾求似，恐失之嘽緩侈靡矣。

蕭穎士《與韋述書》云：「於《穀梁》師其簡，於《公羊》得其覈。」二語意皆明白。惟言「於《左氏》取其文」，「文」字要善認，當知孤質非文，浮豔亦非文也。

《左氏》敘戰之將勝者，必先有戒懼之意，如韓原秦穆之言、城濮晋文之言、邲楚莊之言皆是也。不勝者反此。觀指覩歸，故文貴於所以然處著筆。

《左傳》善用密，《國策》善用疏。《國策》之章法、筆法奇矣；若論字句之精嚴，則左公允推獨步。

左氏與史遷同一多愛，故於《六經》之旨均不無出入。若論不動聲色，則左於馬加一等矣。

「馳騁田獵，令人心發狂。」以左氏之才之學，而文必範我馳驅，其識慮遠矣。

《國語》，《周》《魯》多掌故，《齊》多制，《晋》《越》多謀。其文有甚厚甚精處，亦有翦裁疏漏處，讀者宜別而取之。

柳柳州嘗作《非國語》，然自序其書，稱「《國語》文深閎傑異」，其《與韋中立書》謂「參之《國語》以博其趣」，則《國語》之懿亦可見矣。

《公》《穀》二傳，解義皆推見至隱，非好學深思不能有是。至傳聞有異，疑信并存，正其不敢過而廢之之意。

《公》《穀》兩家善讀《春秋》本經，輕讀，重讀，緩讀，急讀，讀不同而義以別矣。

《莊子》逸篇「仲尼讀《春秋》，老聃踞竈觚而聽」，雖屬寓言，亦可爲《春秋》尚讀之證。

《左氏》尚禮，故文；《公羊》尚智，故通；《穀梁》尚義，故正。

《公羊》堂廡較大，《穀梁》指歸較正，《左氏》堂廡更大於《公羊》，而指歸往往不及《穀梁》。

《檀弓》語少意密，顯言、直言所難盡者，但以句中之眼、文外之致含藏之，已使人自得其實。是何神境？

《左氏》森嚴，文贍而義明，人之盡也。《檀弓》渾化，語疏而情密，天之全也。文之自然無若《檀弓》，刻畫無若《考工》《公》《穀》。

《檀弓》誠慤頎至，《考工》樸屬微至。

《問喪》一篇，纏緜悽愴，與《三年問》皆爲《戴記》中之至文。《三年問》大要出於《荀子》，知《問喪》之傳，亦必古矣。

《家語》非劉向校定之遺，亦非王肅、孔猛所能託。大抵儒家會集記載而成書，是以有純有駁，在讀者自辨之耳。

《家語》好處，可即以《家語》中一言評之，曰：「篤雅有節。」

《家語》之文，純者可幾《檀弓》，雜者甚或不及《孔叢子》。

《國策》疵弊，曾子固《戰國策目録序》盡之矣。抑蘇老泉《諫論》曰：「蘇秦、張儀，吾取其術，不取其心。」蓋嘗推此意以觀之，如魯仲連之不帝秦，正矣；然自稱爲人排患釋難解紛亂，其非無術可知。然則讀書者亦顧所用何如耳，使用之不善，亦何讀而可哉！

戰國說士之言，其用意類能先立地步，故得如善攻者使人不能守，善守者使人不能攻也。不然，專於措辭求奇，雖復可驚可喜，不免脆而易敗。

文之快者每不沈，沈者每不快，《國策》乃沈而快。文之雋者每不雄，雄者每不雋，《國策》乃雄而雋。

《國策》明快無如虞卿之折樓緩，慷慨無如荆卿之辭燕丹。

《國策》文有兩種：一堅明約束，賈生得之；一沈鬱頓挫，司馬子長得之。

杜詩《義鶻行》云「斗上捩孤影」，一「斗」字形容鶻之奇變，極矣。文家用筆得「斗」字訣，便能一落千丈，一飛沖天。《國策》其尤易見者。

韓子曰：「孟氏醇乎醇。」程子曰：「孟子儘雄辯。」韓對荀、揚言之，程對孔、顏言之也。

孟子之文，至簡至易，如舟師執柁，中流自在，而推移費力者不覺自屈。龜山楊氏論孟子「千變萬化，只説從心上來」，可謂探本之言。

孟子之文，百變而不離其宗。然此亦諸子所同。其度越諸子處，乃在析義至精，不惟用法至密也。

集義養氣，是孟子本領。不從事於此，而學孟子之文，「得無象之然乎」？

荀子明六藝之歸，其學分之足了數大儒。其尊孔子，黜異端，貴王賤霸，猶孟子志也。讀者不能擇取之，而必過疵之，亦惑矣。

孟子之時，孔道已將不著，況荀子時乎！荀子矯世之枉，雖立言之意時或過激，然非自知明而信道篤者不能。

《易·傳》言「智崇禮卑」。荀卿立言不能皆粹，然大要在禮、智之間。

屈子《離騷》之旨，只「百爾所思，不如我所之」二語足以括之。「百爾」，如女嬃、靈氛、巫咸皆是。

太史公《屈原傳贊》曰「悲其志」，又曰「未嘗不垂涕，想見其爲人」。「志」也，「爲人」也，論屈子辭者，其斯爲觀其深哉！

孟子曰：「《小弁》之怨，親親也。親親，仁也。」夫忠臣之事君，孝子之事親，一也。屈子《離騷》，若經孟子論定，必深有取焉。

「文麗用寡」，揚雄以之稱相如，然不可以之稱屈原。蓋屈之辭，能使讀者興起盡忠疾邪之意，便是用不寡也。

國手置棋，觀者迷離，置者明白。《離騷》之文似之。不善讀者，疑爲於此於彼，恍惚無定，不知只由自己眼低。

蘇老泉謂：「詩人優柔，騷人清深。」其實清深中正復有優柔意。

古人意在筆先，故得舉止閒暇；後人意在筆後，故至手脚忙亂。杜元凱稱左氏「其文緩」，曹子桓稱屈原「優游緩節」，「緩」，豈易及者乎！

莊子文看似胡説亂説，骨裏却儘有分數。彼固自謂猖狂妄行而蹈乎大方也，學者何不從蹈大方處求之？

莊子寓真於誕，寓實於玄，於此見寓言之妙。

莊子文法斷續之妙，如《逍遥游》忽説鵬，忽説蜩與鷽鳩、斥鷃，是爲斷；下乃接之曰「此大小之辨也」，則上文之斷處皆續矣。而下文宋榮子、許由、接輿、惠子諸斷處，亦無不續矣。

文有合兩篇爲關鍵者。《莊子·逍遥游》「小知不及大知，小年不及大年」，讀者初不覺意注何處，直至《齊物論》「天下莫大於秋毫之末」四句，始見前語正豫爲此處翻轉地耳。

文之神妙，莫過於能飛。莊子之言鵬曰「怒而飛」，今觀其文，無端而來，無端而去，殆得「飛」之機者，烏知非鵬之學爲周耶？

《莊子·齊物論》「大塊噫氣，其名爲風」一段，體物入微。與之神似者，《考工記》後，柳州文中亦間有之。

意出塵外，怪生筆端，莊子之文，可以是評之。其根極則《天下篇》已自道矣，曰「充實不可以已」。

老年之文多平淡。《莊子》書中有莊子將死一段，其爲晚年之作無疑，然其文一何諔詭之甚！

《莊子》是跳過法，《左傳》《離騷》是回抱法，《國策》是獨闢法，《史記》是兩寄法。

有路可走，卒歸於無路可走，如屈子所謂「登高吾不説，入下吾不能」是也。無路可走，卒歸於有路可走，如莊子所謂「今子有五石之瓠，何不慮以爲大樽而浮於江湖」「今子有大樹，何不樹之於無何有之鄉，廣莫之野」是也。而二子之書之全旨，亦可以此概之。

柳子厚《辯列子》云：「其文辭類《莊子》，而尤爲質厚，少爲作，好文者可廢耶？」案，《列子》實爲《莊子》所宗本，其辭之諔詭，時或甚於《莊子》，惟其氣不似《莊子》放縱耳。

文章蹊徑好尚，自《莊》《列》出而一變，佛書入中國又一變，《世説新語》成書又一變。此諸書人鮮不讀，讀鮮不嗜，往往與之俱化。惟涉而不溺，役之而不爲所役，是在卓爾之大雅矣。

文家於《莊》《列》外，喜稱《楞嚴》《净名》二經。識者知二經乃似《關尹子》，而不近《莊》《列》。蓋二經筆法有前無却，《莊》《列》俱有曲致，而《莊》尤縹緲奇變，乃如風行水上，自然成文也。

韓非鋒穎太鋭。《莊子·天下篇》稱老子道術所戒曰「鋭則挫矣」，惜乎非能作《解老》《喻老》而不鑒之也。至其書大端之得失，太史公業已言之。

管子用法術，而本源未爲失正，如「上服度則六親多固，四維張則君令行」，此等語豈申、韓所能道！

周、秦間諸子之文，雖純駁不同，皆有箇自家在内。後世爲文者，於彼於此，左顧右盼，以求當衆人之意，宜亦諸子所深恥與！

秦文雄奇，漢文醇厚。大抵越世高談，漢不如秦；本經立義，秦亦不能如漢也。

西京文之最不可及者，文帝之詔書也。《周書·呂刑》，論者以爲「哀矜惻怛，猶可以想見三代忠厚之遺意」，然彼文至而實不至，孰若文帝之情至而文生耶？

西漢文無體不備，言大道則董仲舒，該百家則《淮南子》，敘事則司馬遷，論事則賈誼，辭章則司馬相如。人知數子之文，純粹、旁礴、窔眇、昭晰、雍容，各有所至，尤當於其原委窮之。

賈生陳政事，大抵以禮爲根極。劉歆《移讓太常博士書》云：「在漢朝之儒，惟賈生而已。」一「儒」字下得極有分曉。何太史公但稱其「明申、商」也？

賈生謀慮之文，非策士所能道；經制之文，非經生所能道。漢臣後起者，得其一支一節，皆足以建議朝廷，擅名當世。然孰若其籠罩群有而精之哉！

柳子厚《與楊京兆憑書》云：「明如賈誼。」一「明」字體用俱見。若《文心雕龍》謂「賈生俊發，故文潔而體清」，語雖較詳，然似將賈生作文士看矣。《隋書·李德林傳》：任城王湝《遺楊遵彥書》曰：「經國大體，是賈生、鼂錯之儔；雕蟲小技，殆相如、子雲之輩。」此重美德林之兼長耳。然可見馬、揚所長在研鍊字句，其識議非賈、鼂比也。

鼂家令、趙營平皆深於籌策之文。趙取成其事，不必其奇也；鼂取切於時，不必其高也。

董仲舒學本《公羊》，而進退容止，非禮不行，則其於《禮》也深矣。至觀其論大道，深奧宏博，又知於諸經之義無所不貫。

董仲舒對策，言「諸不在六藝之科、孔子之術者，皆絶其道，勿使并進」，其見卓矣。揚雄「非聖哲之書不好」，蓋衷此意，然未若董之自得也。

漢家制度，王霸雜用，漢家文章，周、秦并法。惟董仲舒一路無秦氣。

馬遷之《史》，與《左氏》一揆。《左氏》「先經以始事」，「後經以終義」，「依經以辯理」，「錯經以合異」；在馬則夾敘夾議，於諸法已不移而具。

文之道，時爲大。《春秋》不同於《尚書》，無論矣。即以《左傳》《史記》言之，强《左》爲《史》，則噍殺；强《史》爲《左》，則嘽緩。惟與時爲消息，故不同正所以同也。

文之有左、馬，猶書之有羲、獻也。張懷瓘論書云：「若逸氣縱横，則羲謝於獻；若簪裾禮樂，則獻不繼羲。」

「末世爭利，維彼奔義」，太史公於敘《伯夷列傳》發之。而《史記》全書重義之旨，亦不異是。書中言利處，寓貶於褒，班固譏其「崇勢利而羞貧賤」，宜後人之復譏固與。

太史公文，精神氣血，無所不具。學者不得其真際而襲其形似，此莊子所謂「非生人之行而至死人之理，適得怪焉」者也。

太史公文，疏與密皆詣其極。密者，義法也。蘇子由稱其「疏蕩有奇氣」，於義法猶未道及。

太史公時有河漢之言，而意理却細入無間。評者謂「亂道却好」，其實本非亂道也。

《史記》敘事，文外無窮，雖一溪一壑，皆與長江、大河相若。

敘事不合參入斷語。太史公寓主意於客位，允稱微妙。

太史公文，悲世之意多，憤世之意少，是以立身常在高處。至讀者或謂之悲，或謂之憤，又可以自徵器量焉。

太史公文，兼括六藝百家之旨。第論其惻怛之情、抑揚之致，則得於《詩三百篇》及《離騷》居多。

學《離騷》得其情者爲太史公，得其辭者爲司馬長卿。長卿雖非無得於情，要是辭一邊居多。離形得似，當以史公爲尚。

「學無所不闚」，「善指事類情」，太史公以是稱莊子，亦自寓也。

文如雲龍霧豹，出没隱見，變化無方，此《莊》、《騷》、太史所同。

尚禮法者好《左氏》，尚天機者好《莊子》，尚性情者好《離騷》，尚智計者好《國策》，尚意氣者好《史記》。好各因人，書之本量初不以此加損焉。

太史公文與楚、漢間文相近。其傳楚、漢間人，成片引其言語，與己之精神相入無間，直令讀者莫能辨之。

子長精思逸韻，俱勝孟堅。或問：「逸韻非孟堅所及，固也；精思復何以異？」

曰：「子長能從無尺寸處起尺寸，孟堅遇尺寸難施處，則差數覩矣。」

太史公文，韓得其雄，歐得其逸。雄者善用直捷，故發端便見出奇；逸者善用紆徐，故引緒乃覘入妙。

畫訣：「石有三面，樹有四枝。」蓋筆法須兼陰陽向背也。於司馬子長文往往遇之。

太史公文，如張長史於歌舞戰鬭，悉取其意與法以爲草書。其秘要則在於無我，而以萬物爲我也。

《淮南子》連類喻義，本諸《易》與《莊子》，而奇偉宏富，又能自用其才，雖使與先秦諸子同時，亦足成一家之作。

賈長沙、太史公、《淮南子》三家文，皆有先秦遺意；若董江都、劉中壘，乃漢文本色也。

司馬長卿文雖乏實用，然舉止矜貴，揚搉典碩，故昌黎碑板之文亦儀象之。

用辭賦之駢麗以爲文者，起於宋玉《對楚王問》，後此則鄒陽、枚乘、相如是也。惟此體施之，必擇所宜，古人自主文譎諫外，鮮或取焉。

劉向文足繼董仲舒。仲舒治《公羊》，向治《穀梁》。仲舒對策；向上封事，引《春秋》并言「天地之常經，古今之通義」，亦可見所學之務乎其大，不似經生習氣，譊譊置辯於細故之異同也。

劉向、匡衡文皆本經術。向傾吐肝膽，誠懇悱惻，說經却轉有大意處；衡則說經較細，然覺志不逮辭矣。

揚子雲說道理，可謂「能將許大見識尋求」。然從來足於道者，文必自然流出；《太玄》《法言》，抑何氣盡力竭耶？

揚子《法言》有些憨意：蓋專己創言，人雖怪且厭之，弗爲少動也。

東坡《答謝民師書》謂揚雄「好爲艱深之辭，以文淺易之說」。子固《答王深甫論揚雄書》云：「鞏自度學每有所進，則於雄書每有所得。」曾、蘇所見不同如此。介甫《與王深甫書》亦盛推雄，如所謂：「孟子沒，能言大人而不放於老、莊者，揚子而已」是也。司馬温公敘《揚子》，謂：「孟子好《詩》《書》，文直而顯；荀子好《禮》，文富而麗；揚子好《易》，文簡而奥。」孟、荀、揚并稱無别，與昌黎之論三子異矣。

揚子雲之言，其病正坐近似聖人。《朱子語類》云：「若能得聖人之心，則雖言語各别，不害其爲同。」此可知學貴實有諸己也。

孫可之《與高錫望書》云：「文章如面，史才最難。到司馬子長之地，千載獨聞得揚子雲。」余謂子雲之史，今無可見，大抵已被班氏取入《漢書》。《漢書·揚雄傳》或疑出於雄所自述，亦可見其梗概矣。

班孟堅文，宗仰在董生、匡、劉諸家，雖氣味已是東京，然爾雅深厚，其所長也。蘇子由稱太史公「疏蕩有奇氣」，劉彦和稱班孟堅「裁密而思靡」。「疏」「密」二字，其用不可勝窮。

王充、王符、仲長統三家文，皆東京之矯矯者。分按之，大抵《論衡》奇創，略近《淮南子》；《潛夫論》醇厚，略近董廣川；《昌言》俊發，略近賈長沙。范史譏三子好申一隅之説，然無害爲各自成家。

王充《論衡》獨抒己見，思力絶人，雖時有激而近僻者，然不掩其卓詣。故不獨蔡中郎、劉子玄深重其書，即韓退之性有三品之説，亦承藉於其《本性》篇也。

《潛夫論》皆貴德義、抑榮利之旨，雖論卜論夢亦然。

東漢文浸入排麗，是以難企西京。繆襲稱仲長統才章足繼董、賈、劉、揚，今以《昌言》與數子之書并讀，氣格果相伯仲耶？

仲長統深取崔寔《政論》，謂「凡爲人主，宜寫一通，置之坐側」。按《政論》所言，主權不主經，謂濟時拯世不必體堯蹈舜，此豈爲治之常法哉！而統服之若此，宜其所著之《昌言》旨不皆粹也。

崔寔《政論》，參霸政之法術；荀悦《申鑒》，明古聖王之仁義。悦言屏四患，崇五政，允足爲後世法戒；寔言孝宣優於孝文，意在矯衰漢之弊，故不覺言之過當耳。

遒文壯節，於漢季得兩人焉：孔文舉、臧子源是也。曹子建、陳孔璋文爲建安之傑，然尚非其倫比。

孔北海文，雖體屬駢麗，然卓犖遒亮，令人想見其爲人。唐李文饒文，氣骨之高，差可繼踵。

鄭康成《戒子益恩書》，雍雍穆穆，隱然函《詩》《禮》之氣。

漢、魏之間，文滅其質。以武侯經世之言，而當時怪其文采不艷。然彼艷者，如實用何！

曾子固《徐幹中論目録序》謂幹「能考六藝，推仲尼、孟子之旨」。余謂幹之文，非但其理不駁，其氣亦雍容静穆，非有養不能至焉。

徐幹《中論》説道理俱正而實。《審大臣》篇極推荀卿而不取游説之士，《考僞》篇以求名爲聖人之至禁，其指概可見矣。魏文稱其「含文抱質，恬淡寡欲，有箕山之志」，蓋爲得之。然偉長豈以是言增重哉！

陳壽《三國志》，文中子謂其「依大義而削異端」，晁公武《讀書志》謂其「高簡有法」，可見「義」「法」二字爲史家之要。

晉元康中，范頵等上表，謂陳壽「文豔不及相如，而質直過之」。此言殆外矣。相如自是辭家，壽是史家，體本不同，文質豈容并論！

文中子抑遷、固而與陳壽，所言似過。然觀壽書練覈事情，每下一字一句，極有斤兩，雖遷、固亦當心折。

六代之文，麗才多而練才少。有練才焉，如陸士衡是也。蓋其思既能入微，而才復足以籠鉅，故其所作皆傑然自樹質幹。《文心雕龍》但目以「情繁辭隱」，殊未盡之。

陶淵明爲文不多，且若未嘗經意。然其文不可以學而能，非文之難，有其胸次爲難也。

史家學識當出文士之上。范蔚宗嘗自言「恥作文士文」，然其史筆於文士纖雜之見，往往振刷不盡。

《史通》稱孟堅「辭惟温雅，理多愜當，其尤美者有《典》《誥》之風」。范史自謂《循吏》以下諸序論，「筆勢縱放，往往不減《過秦》篇」；《史通》亦言「蔚宗參蹤於賈誼」。班、范兩家宗派，於此別矣。

酈道元敘山水，峻潔層深，奄有《楚辭·山鬼》《招隱士》勝境。柳柳州游記，此其先導耶？

劉勰《新論》，體出於《韓非子·説林》及《淮南子·説山訓》《説林訓》。其中格言如《慎獨》篇「獨立不慙影，獨寢不愧衾」二語，六朝時幾人能道及此！

王仲淹《中説》，似其門人所記。其意理精實，氣象雍裕，可以觀其所藴，亦可以知記者之所得矣。

荀子與文中子皆深於《禮》《樂》之意。其文則荀子較雄峻，文中子較深婉，可想其質學各有所近。後此如韓昌黎、李習之兩家文分塗亦然。

荀子言法後王，文中子稱漢七制之主，特節取之意耳。至宋永嘉諸公，遂本此意衍爲學派，而一切議論因之，未免偏據而規小矣。

「畏天憫人」四字，見文中子《周公》篇，蓋論《易》也。今讀《中説》全書，覺其心法皆不出此意。

元次山文，狂狷之言也。其所著《出規》，意存乎有爲；《處規》，意存乎有守；至《七不如七篇》，雖若憤世太深，而憂世正復甚摯。是亦足使頑廉懦立，未許以矯枉過正目之。

陸宣公文，貴本親用，既非晉儒之迂疏，亦異雜霸之功利，於此見情理之外無經濟也。

陸宣公奏議，評以四字，曰正實切事。

陸宣公奏議，妙能不同於賈生。賈生之言猶不見用，況德宗之量非文帝比，故激昂辯折有所難行，而紆餘委備可以巽入。且氣愈平婉，愈可將其意之沈切。故後世進言多學宣公一路，惟體制不必仍其排偶耳。

賈生、陸宣公之文，氣象固有辨矣。若論其實，陸象山最説得好：「賈誼是就事上説仁義，陸贄是就仁義上説事。」

獨孤至之文，抑邪與正，與韓文同。《唐實録》稱韓愈師其爲文，乃韓則未嘗自言，學於韓者復不言，《唐書》本傳亦僅言梁肅、高參、崔元翰、陳京、唐次、齊抗師事之，而韓不與焉。要其文之足重，固不係乎韓師之也。

昌黎接孟子知言養氣之傳，觀《答李翊書》學養并言可見。

昌黎謂「仁義之人，其言藹如」，蘇老泉以孟、韓爲「温醇」，意蓋隱合。

説理論事，涉於遷就，便是本領不濟。看昌黎文老實説出緊要處，自使用巧騁奇者望之辟易。

韓文起八代之衰，實集八代之成。蓋惟善用古者能變古，以無所不包，故能無所不掃也。

八代之衰，其文内竭而外侈。昌黎易之以萬怪惶惑、抑遏蔽掩，在當時真爲補虚消腫良劑。

昌黎論文，曰「惟其是爾」。余謂「是」字注脚有二：曰正，曰真。

昌黎以「是」「異」字論文，然二者仍須合一。若不異之是，則庸而已；不是之異，則妄而已。

昌黎自言：「約《六經》之旨而成文。」「旨」字專以本領言，不必其文之相似。故雖於《莊》、《騷》、太史、子雲、相如之文博取兼資，其約經旨者自在也。陸傪見李習之《復性書》，曰：「子之言，尼父之心也。」亦不以文似孔子而云然。

昌黎謂柳州文「雄深雅健，似司馬子長」。觀此評，非獨可知柳州，并可知昌黎所得於子長處。

論文或專尚指歸，或專尚氣格，皆未免著於一偏。《舊唐書·韓愈傳》「經、誥之指歸，遷、雄之氣格」二語，推韓之意以爲言，可謂觀其備矣。

昌黎文兩種，皆於《答尉遲生書》發之：一則所謂「昭晰者無疑」，「行峻而言厲」是也；一則所謂「優游者有餘」，「心醇而氣和」是也。

昌黎自言其文「亦時有感激怨懟奇怪之辭」，揚子雲便不肯作此語，此正韓之胸襟坦白，高出於揚，非不及也。

昌黎《送窮文》自稱其文曰：「不專一能，怪怪奇奇；不可時施，衹以自嬉。」東坡嘗與黃山谷言柳子厚《賀王參元失火書》，曰：「此人怪怪奇奇，亦三端中得一好處也。」「亦」字言外寓推韓微旨。

「一波未平，一波已作，出入變化，不可紀極，而法度不可亂。」此姜白石《詩說》也。

是境常於韓文遇之。

昌黎《與李習之書》，紆餘澹折，便與習之同一意度。歐文若導源於此。

昌黎言「作爲文章，其書滿家。」書非止爲作文用也。觀所爲《盧殷墓志》云：「無書不讀，然止用以資爲詩。」曾是惜人者，而自蹈之乎？

李義山《韓碑》詩云：「點竄堯典舜典字，塗改清廟生民詩。」其論昌黎也外矣。古人所稱俳優之文，何嘗不正如義山所謂。

昌黎尚陳言務去。所謂陳言者，非必勦襲古人之説以爲己有也，只識見議論落於凡近，未能高出一頭、深入一境，自「結撰至思」者觀之，皆陳言也。

文或結實，或空靈，雖各有所長，皆不免著於一偏。試觀韓文，結實處何嘗不空靈，空靈處何嘗不結實。

昌黎曰：「學所以爲道，文所以爲理耳。」又曰：「愈之所志於古者，不惟其辭之好，好其道焉耳。」東坡稱公「文起八代之衰，道濟天下之溺」，文與道豈判然兩事乎哉！

張籍謂昌黎與人爲無實駁雜之説，柳子厚盛稱《毛穎傳》，兩家所見，若相逕庭。顧韓之論文曰「醇」曰「肆」，張就「醇」上推求，柳就「肆」上欣賞，皆韓志也。

呂東萊《古文關鍵》謂「柳州文出於《國語》」，王伯厚謂「子厚《非國語》，其文多以《國語》爲法」。余謂柳文從《國語》入，不從《國語》出。蓋《國語》每多言舉典，柳州之所長乃尤在「廉之欲其節」也。

柳文之所得力，具於《與韋中立論師道書》。東萊謂「柳州文出於《國語》」，蓋專指其一體而言。

柳州《答韋中立書》云：「參之《穀梁》以厲其氣，參之《莊》《老》以肆其端，參之《國語》以博其趣，參之《離騷》以致其幽，參之太史以著其潔。」《報袁君陳秀才書》亦云：「《左氏》、《國語》、莊周、屈原之辭，稍采取之；穀梁子、太史公甚峻潔，可以出入。」

東萊謂學柳文，「當戒他雄辯」。余謂柳文兼備各體，非專尚雄辯者。且雄辯亦正有不可少處，如程明道謂「孟子儘雄辯」是也。

柳州自言爲文章「未嘗敢以昏氣出之」，「未嘗敢以矜氣作之」。余嘗以一語斷之曰：「柳文無耗氣。」凡昏氣、矜氣皆耗氣也。惟昏之爲耗也易知，矜之爲耗也難知耳。

柳文如奇峰異嶂，層見疊出，所以致之者有四種筆法：突起、紆行、峭收、縵迴也。

柳州記山水，狀人物，論文章，無不形容盡致，其自命爲「牢籠百態」，固宜。柳子厚《永州龍興寺東丘記》云：「游之適大率有二：曠如也，奥如也。如斯而已。」《袁家渴記》云：「舟行若窮，忽又無際。」《愚溪詩序》云：「漱滌萬物，牢籠百態。」此等語皆若自喻文境。

文以鍊神鍊氣爲上半截事，以鍊字鍊句爲下半截事，此如《易》道有先天、後天也。柳州天資絶高，故雖自下半截得力，而上半截未嘗偏絀焉。

柳州係心民瘼，故所治能有惠政。讀《捕蛇者説》《送薛存義序》，頗可得其精神鬱結處。

文莫貴於精能變化。昌黎《送董邵南游河北序》，可謂變化之至；柳州《送薛存義序》，可謂精能之至。

昌黎論文之旨，於《答尉遲生書》見之，曰「君子慎其實」。柳州論文之旨，於《報袁君陳秀才書》見之，曰「大都文以行爲本，在先誠其中」。

昌黎屢稱子雲，柳子厚於《法言》嘗爲之注。今觀兩家文，脩辭鍊字，皆有得於揚子。至意理之多所取資，固矣。

昌黎之文如水，柳州之文如山。「浩乎」「沛然」，「曠如」「奧如」，二公殆各有會心。

朱子曰：「韓退之議論正，規模闊大，然不如柳子厚較精密。」此原專指柳州《論鶡冠子》等篇，後人或因此謂一切之文精密概出韓上，誤矣。

學者未能深讀韓、柳之文，輒有意尊韓抑柳，最爲陋習。晏元獻云：「韓退之扶導聖教，剗除異端，是其所長。若其祖述《墳》《典》，憲章《騷》《雅》，上傳三古，下籠百氏，橫行闊視於綴述之場，子厚一人而已。」此論甚爲偉特。

李習之文，蘇子美謂「辭不逮韓，而理過於柳」；蘇老泉《上歐陽內翰書》取其「俯仰揖讓之態」，合理與態，而其全見矣。

昌黎答劉正夫問文曰：「無難易，惟其是而已。」李習之《答王載言書》曰：「其愛難者，則曰文章宜通不當易。其愛易者，則曰文章宜通不當難。此皆情有所偏，滯而不流，未識文章之所主也。」於此見兩公文一脈相通矣。

李習之文氣似不及昌黎，然傳稱其「辭致渾厚，見推當時」，由一「致」字求之，便可隱知其妙。

韓文出於《孟子》，李習之文出於《中庸》。宗李多於宗韓者，宋文也。

韓昌黎不稱王仲淹《中説》，而李習之《答王載言書》稱之。今觀習之之文，俯仰揖讓，固於《中説》爲近。

皇甫持正論文，嘗言「文奇理正」。然綜觀其意，究是一於好奇。如《答李生書》云：「意新則異常，異於常則怪矣；詞高則出衆，出於衆則奇矣。」此蓋學韓而第得其所謂「怪怪奇奇，衹以自嬉」者。

或問持正文於揚子雲何如，曰：辭近《太玄》，理猶未及《法言》。問較李元賓之尚辭何如，曰：不沿襲前人似之。

文得昌黎之傳者，李習之精於理，皇甫持正練於辭。習之一宗，直爲北宋名家發源之始；而祖述持正者，則自孫可之後，已罕聞成家者矣。

杜牧之識見自是一時之傑。觀所作《罪言》，謂「上策莫如自治」，「中策莫如取魏」，「最下策爲浪戰」；又兩進策於李文饒，皆案切時勢，見利害於未然。以文論之，亦可謂不浪戰者矣。

孫可之《與友人論文書》云：「詞必高然後爲奇，意必深然後爲工。」如斯宗旨，其即可之得之來無擇，無擇得之持正者耶？

廣明時詔書謂孫樵「有揚、馬之文」。樵《與高錫望書》自稱「熟司馬遷、揚子雲書」，然則詔所云馬者，殆亦指史遷，非相如耶？

劉蜕文意欲自成一子，如《山書》十八篇、《古漁父》四篇，辭若僻而寄託未嘗不遠。學《楚辭》尤有深致，《哀湘竹》《下清江》《招帝子》，雖止三章，頗得《九歌》遺意。

李習之《與陸傪書》盛推昌黎文，謂「嘗書其一章曰《獲麟解》，其他可以類知」。孫可之《與王霖書》稱《進學解》「拔地倚天，句句欲活」。今觀兩家文，信乎各得所述。

《宋史·柳開傳》稱開「始慕韓愈、柳宗元爲文」。《穆修傳》亦言「自五代文敝，國初柳開始爲古文」。今觀伯長所爲《唐柳先生文集後序》云：「天厚余嗜多矣，始而饜我以韓，既而飫我以柳。謂天不吾厚，豈不誣也哉！」可知其所學與仲塗一矣。

尹師魯爲古文先於歐公。歐公稱其文「簡而有法」，且謂「在孔子《六經》中，惟《春秋》可當」。蓋師魯本深於《春秋》，范文正爲撰文集序嘗言之。錢文僖起雙桂樓，建臨園驛，尹、歐皆爲作記。歐記凡數千言，而尹祇用五百字，歐服其簡古。是亦「簡而有法」之一證也。

范文正貶饒州，師魯上書言：「仲淹臣之師友，願得俱貶。」其爲國重賢如此。而於文正所爲《岳陽樓記》，則曰「傳奇體耳」，其不阿所好又如此。固宜能以古學振起當時也。

歐陽公文，幾於史公之潔；而幽情雅韻，得騷人之指趣爲多。歐陽公《五代史》諸論，深得「畏天憫人」之旨。蓋其事不足言，而又不忍不言，言之怫於己，不言無以懲於世，情見乎辭，亦可悲矣。公他文亦多惻隱之意。

屈子《卜居》、《史記·伯夷傳》，妙在於所不疑事，却參以活句。歐文往往似此。

歐公稱昌黎文「深厚雄博」，蘇老泉稱歐公文「紆餘委備」。大抵歐公雖極意學韓，而性之所近，乃尤在李習之。不獨老泉於公謂「李翱有執事之態」，即公文亦云「欲生翱時，與翱上下其論」，所尚蓋可見矣。

謝疊山云：「歐陽公文章爲一代宗師。然藏鋒斂鍔，韜光沈馨，不如韓文公之奇奇怪怪，可喜可愕。」按，歐之奇不如韓，固有之；然於韓之抑遏蔽掩、不使自露，詎相遠乎？

蘇老泉迂董詐鼂，謂賈生「有二子之才而不流」。余謂老泉文取徑異於董，而用意往往雜以鼂。迂董，於董無損；詐鼂，恐鼂不服也。

昌黎《答劉正夫書》曰：「若聖人之道不用文則已，用則必尚其能者。」曾南豐稱蘇老泉之文曰：「脩能使之約，遠能使之近，大能使之微，小能使之著，煩能不亂，肆能不流。」「能」之一字，足明老泉之得力，正不必與韓量長較短也。

論文鮮有極稱《穀梁》、孫、吴者，獨柳州曰：「參之《穀梁》以厲其氣。」老泉曰：「孫、吴之簡切。」殆好必從其所類耶？

蘇老泉云：「風行水上，涣，此天下之至文也。」余謂大蘇文一瀉千里，小蘇文一波三折，亦本此意。

東坡文，亦孟子，亦賈長沙；陸敬輿亦莊子，亦秦、儀。心目窒隘者，可資其博達以自廣，而不必概以純詣律之。

東坡文只是拈來法，此由悟性絶人，故處處觸著耳。至其理有過於通而難守者，固不及備論。

東坡文雖打通牆壁説話，然立脚自在穩處。譬如舟行大海之中，把柁未嘗不定，視放言而不中權者異矣。

老子云：「信言不美，美言不信。」東坡文不乏信言可採，學者偏於美言歎賞之，何故？

坡文多微妙語。其論文曰「快」，曰「達」，曰「了」，正爲非此不足以發微闡妙也。「遠想出宏域，高步超常倫。」文家具此能事，則遇困皆通。且不妨故設困境，以顯通之之妙用也。大蘇文有之。

東坡讀《莊子》，歎曰：「吾昔有見，口未能言，今見是書，得吾心矣。」後人讀東坡文，亦當有是語。蓋其過人處在能説得出，不但見得到已也。

東坡最善於没要緊底題説没要緊底話，未曾有底題説未曾有底話，抑所謂「君從何處看，得此無人態」耶！

歐文優游有餘，蘇文昭晰無疑。

介甫之文長於掃，東坡之文長於生。掃，故高；生，故贍。

東坡之文工而易，觀其言「秦得吾工，張得吾易」，分明自作贊語。文潛卓識偉論過少游，然固在坡函蓋中。

子由稱歐陽公文「雍容俯仰，不大聲色，而義理自勝」。東坡《答張文潛書》謂子由文「汪洋澹泊，有一唱三歎之聲。而其秀傑之氣，終不可没」。此豈有得於歐公者耶？

子由曰：「子瞻之文奇，吾文但穩耳。」余謂百世之文，總可以「奇」「穩」兩字判之。

王震《南豐集序》云「先生自負似劉向，不知韓愈爲何如爾」。序内却又謂其「衍裕雅重，自成一家」。噫，藉非能自成一家，亦安得爲善學劉向與？

曾文窮盡事理，其氣味爾雅深厚，令人想見碩人之寬。王介甫云：「夫安驅徐行，轥《中庸》之廷而造乎其室，舍二賢人者而誰哉？」二賢，謂正之、子固也。然則子固之文，即肖子固之爲人矣。

昌黎文意思來得硬直，歐、曾來得柔婉。硬直見本領，柔婉正復見涵養也。

韓文學不掩才，故雖「約《六經》之旨而成文」，未嘗不自我作古。至歐、曾則不敢直以作者自居，較之韓若有「智崇禮卑」之别。

王介甫文取法孟、韓。曾子固《與介甫書》，述歐公之言曰：「孟、韓文雖高，不必似之也，取其自然耳。」則其學之所幾與學之過當，俱可見矣。

王安石《解孟子》十四卷，爲崇、觀間舉子所宗，説見《郡齋讀書後志》。觀介甫《上人書》有云：「孟子曰：『君子欲其自得之也。』孟子之云爾，非直施於文而已，然亦可託以爲作文之本意。」是則《解孟》亦豈無意於文乎？

介甫文之得於昌黎，在陳言務去。其譏韓有「力去陳言夸末俗」之句，實乃心鄉往之。

曾子固稱介甫文學不減揚雄，而介甫《詠揚雄》亦云「千古雄文造聖真，眇然幽息入無倫」，慕其文者如此其深，則必效之惟恐不及矣。

介甫文兼似荀、揚，荀好爲其矯；揚，好爲其難。

柳州作《非國語》，而文學《國語》；半山謂荀卿好妄，荀卿不知禮，而文亦頗似《荀子》。文家不以訾讆爲棄取，正如東坡所謂「我憎孟郊詩，復作孟郊語」也。

荊公文是能以品格勝者，看其人取我棄，自處地位儘高。

半山文善用揭過法，只下一二語，便可掃却他人數大段，是何簡貴！

謝疊山評荊公文曰：「筆力簡而健。」余謂南人文字，失之冗弱者十常八九，殆非如荊公者不足以矯且振之。

半山文瘦硬通神，此是江西本色，可合黃山谷詩派觀之。

荊公《游褒禪山記》云：「入之愈深，其進愈難，而其見愈奇。」余謂「深」「難」「奇」

三字，公之學與文得失并見於此。

介甫文於下愚及中人之所見，皆剗去不用，此其長也；至於上智之所見，亦剗去不用，則病痛非小。

介甫《上邵學士書》云：「某嘗患近世之文，辭弗顧於理，理弗顧於事，以襞積故實爲有學，以雕繪語句爲精新。譬之擷奇花之英，積而玩之，雖光華馨采，鮮縟可愛，求其根柢濟用，則蔑如也。」又《上人書》云：「所謂文者，務爲有補於世而已矣。所謂辭者，猶器之有刻鏤繪畫也。誠使巧且華，不必適用；誠使適用，亦不必巧且華。」余謂介甫之文，洵異於尚辭巧華矣，特未思免於此弊，仍未必濟用適用耳。

半山文其猶藥乎？治病可以致生，養生或反致病。

半山說得世人之病好，只是他立處未是。

介甫文每言及骨肉之情，酸惻嗚咽，語語自腑肺中流出，他文却未能本此意擴而充之。

李泰伯文，朱子謂其「自大處起議論，如古《潛夫論》之類」。劉壎《隱居通議》謂其所作《袁州學記》「高出歐、蘇，百世不朽」。按，泰伯之學，深於《周禮》，其所爲文，率皆法度謹嚴。《宋史》本傳但載其所上《明堂定制圖序》，尚非其極也。東坡謂嘗見泰伯自述其文曰：「天將壽我與，所爲固未足也；不然，斯亦足以藉手見古人矣。」觀是言，其生平之力勤詣卓具見。

劉原父文好摹古，故論者譽訾參半。然其於學無所不究，其大者如解《春秋》，多有古人所未言。朝廷每有禮樂之事，必就其家以取決，豈曰文焉已哉！即以文論，歐公爲作墓志，稱其「立馬却坐，一揮九制。文辭典雅，各得其體」，朱子稱其「才思極多，湧將出來」，亦可見其崖略矣。

李忠定奏疏，論事指畫明豁，其天資似更出陸宣公上。然觀其《書檄志》云：「一應書檄之作，皆當以陸宣公爲法。」則知得於宣公者深矣。

朱子之文，表裏瑩徹。故平平説出，而轉覺矜奇者之爲庸；明明説出，而轉覺恃奥者之爲淺。其立定主意，步步回顧，方遠而近，似斷而連，特其餘事。

朱子云：「余年二十許時，便喜讀南豐先生之文，而竊慕效之，竟以才力淺短，不能遂其所願。」又云：「某未冠而讀南豐先生之文，愛其詞嚴而理正，居常以爲人之爲言，必當如此，乃爲非苟作者。」朱子之服膺南豐如此，其得力尚須問耶？

陳龍川喜學歐文，嘗選歐文曰《歐陽文粹》。其序極與歐文相類，然他文却不盡似之。此如人飲水，冷暖自知，原不必字摹句擬，類於執跡以求履憲也。

陳同甫《上孝宗皇帝書》貶駁道學，至謂「今世之儒士，以爲得正心誠意之學者，皆風痺不知痛癢之人」。而其自跋《中興論》，復言「一日讀《楊龜山語録》，謂『人住得然後可以有爲，才智之士非有學力却住不得』，不覺恍然自失」，可見同甫之所駁者，乃無實之人，非龜山一流也。

陳同甫文箴砭時弊，指畫形勢，自非紬於用者之比，如四《上孝宗皇帝書》及《中興五論》之類是也。特其意思揮霍，氣象張大，若使身任其事，恐不能耐煩持久。試觀趙營平、諸葛武侯之論事，何嘗揮霍張大如此？

陸象山文，《隱居通議》稱其《王荆公祠堂記》，又稱其《與楊守書》及《與徐子宜侍郎書》，且各繫以評語。余謂陸文得孟子之實，不容意爲去取，亦未易評。評之須如其《語録》中所謂「從天而下，從肝肺中流出，是自家有底物事」，乃庶幾焉。

後世學子書者，不求諸本領，專尚難字棘句，此乃大誤。欲爲此體，須是神明過人，窮極精奥，斯能託寓萬物，因淺見深，非光不足而强照者所可與也。唐、宋以前，蓋難備論。《郁離子》最爲晚出，雖體不盡純，意理頗有實用。

儒學、史學、玄學、文學，見《宋書·雷次宗傳》。大抵儒學本《禮》，荀子是也；史學本《書》與《春秋》，馬遷是也；玄學本《易》，莊子是也；文學本《詩》，屈原是也。後世作者，取塗弗越此矣。

《孔叢子》：「宰我問：『君子尚辭乎？』孔子曰：『君子以理爲尚。』」文中子曰：「言文而不及理，是天下無文也。」昌黎雖嘗謂「辭不足不可以爲成文」，而必曰：「學所以爲道，文所以爲理。」陸士衡《文賦》曰：「理扶質以立幹。」劉彦和《文心雕龍》曰：「精理爲文。」然則舍理而論文辭者，奚取焉？

文無論奇正，皆取明理。試觀文孰奇於《莊子》？而陳君舉謂其「憑虚而有理致」，況正於《莊子》者乎？

明理之文，大要有二，曰：闡前人所已發，擴前人所未發。

論事敘事，皆以窮盡事理爲先。事理盡後，斯可再講筆法。不然，離有物以求有章，曾足以適用而不朽乎？

揚子《法言》曰：「事辭稱則經。」余謂不但事當稱乎辭而已，義尤欲稱也。觀《孟子》「其事則齊桓、晉文」數語可見。

言此事必深知此事，到得事理曲盡，則其文確鑿不可磨滅，如《考工記》是也。《梁書・蕭子雲傳》載其「著《晉史》，至《二王列傳》，欲作論草隸法，不盡意，遂不能成」，此亦見實事求是之意。

《易・繫傳》謂「易其心而後語」，揚子雲謂言爲「心聲」，可知言語亦心學也。況文之爲物，尤言語之精者乎！

志者，文之總持。文不同而志則一，猶鼓琴者聲雖改而操不變也。善夫陶淵明之言，曰「常著文章自娱，頗示己志」。

或問：「淵明所謂『示己志』者，己志其有以別於人乎？」曰：只是稱心而言耳。使必以異人爲尚，豈天下之大，千古之遠，絶無同己者哉！

「聖人之情見乎辭」，爲作《易》言也。作者情生文，斯讀者文生情。《易》教之神，神以此也。使情不稱文，豈惟人之難感，在己先「不誠無物」矣。

《文賦》：「意司契而爲匠。」文之宜尚意明矣。推而上之，聖人「書不盡言，言不盡意」，正以意之無窮也。

《莊子》曰：「語之所貴者，意也。意有所施，意之所隨者不可以言傳也。而世因貴言傳書。」是知意之所以貴者，非徒然也。爲文者苟不知貴意，何論意之所隨者乎？文以識爲主。認題立意，非識之高卓精審，無以中要。才、學、識三長，識爲尤重，豈獨作史然耶？

「出辭氣，斯遠鄙倍矣。」此以氣論辭之始。至昌黎《與李翊書》、柳州《與韋中立書》，皆論及於氣，而韓以氣歸之於養，立言較有本原。

自《典論·論文》以及韓、柳，俱重一「氣」字。余謂文氣當如《樂記》二語，曰：「剛氣不怒，柔氣不懾。」

文貴備四時之氣，然氣之純駁厚薄，尤須審辨。

韓昌黎《送陳秀才彤序》云：「文所以爲理耳。」《答李翊書》云：「氣，水也。言，浮物也。水大而物之浮者大小畢浮，氣盛則言之短長與聲之高下者皆宜。」周益公序《宋文鑑》曰：「臣聞文之盛衰主乎氣，辭之工拙存乎理。昔者帝王之世，人有所養而教無異習，故其氣之盛也，如水載物，小大無不浮；其理之明也，如燭照物，幽隱無不通。」意蓋悉本昌黎。

文要與元氣相合，戒與盡氣相尋。翕聚、僨張，其大較矣。

《孔叢子》曰：「平原君謂公孫龍曰：『公無復與孔子高辯事也。其人理勝於辭，公辭勝於理。』」揚子曰：「事辭稱則經。」韓昌黎則曰：「辭不足不可以爲成文。」此「辭」字大抵已包理、事於其中。不然，得無如荀子所謂「惠子蔽於辭而不知實」者乎？辭之患不外過與不及。《易·繫傳》曰「其辭文」，無不及也；《曲禮》曰「不辭費」，無太過也。

文中用字，在當不在奇。如宋子京好用奇字，亦一癖也。

文，辭也；質，亦辭也。博，辭也；約，亦辭也。質，其如《易》所謂「正言斷辭」乎？約，其如《書》所謂「辭尚體要」乎？

言辭者必兼及音節，音節不外諧與拗。淺者但知諧之是取，不知當拗而拗，拗亦諧也；不當諧而諧，諧亦拗也。

「書法」二字見《左傳》，爲文家言法之始。《莊子·寓言》篇曰「言而當法」，晁公武稱陳壽《三國志》「高簡有法」，韓昌黎謂「經承子厚口講指畫爲文辭者，悉有法度可觀」，歐陽永叔稱尹師魯爲文章「簡而有法」，具見法之宜講。

通其變，遂成天地之文。一闔一闢謂之變，然則文法之變可知已矣。

兵形象水，惟文亦然。水之發源、波瀾、歸宿，所以示文之始、中、終，不已備乎？

揭全文之指，或在篇首，或在篇中，或在篇末。在篇首則後必顧之；在篇末則前必注之；在篇中則前注之，後顧之。顧、注，抑所謂文眼者也。

作短篇之法，不外婉而成章；作長篇之法，不外盡而不汙。

《文心雕龍》謂「貫一爲拯亂之藥」，余謂貫一尤以泯形跡爲尚，唐僧皎然論詩所謂「抛針擲綫」也。

章法不難於續而難於斷。先秦文善斷，所以高不易攀。然「抛針擲綫」，全靠眼光不走；「注坡驀澗」，全仗韁轡在手。明斷，正取暗續也。

文章之道，斡旋驅遣，全仗乎筆。筆爲性情，墨爲形質。使墨之從筆，如雲濤之從風，斯無施不可矣。

一語爲千萬語所託命，是爲筆頭上擔得千鈞。然此一語正不在大聲以色，蓋往往有以輕運重者。

客筆主意，主筆客意。如《史記·魏世家贊》、昌黎《送董邵南游河北序》，皆是此訣。

義法居文之大要。《史記·十二諸侯年表序》稱孔子次《春秋》，「約其辭文，去其煩重，以制義法」。此言「義法」之始也。

長於理則言有物，長於法則言有序。治文者矜言物、序，何不實於理、法求之。

文之尚理法者，不大勝亦不大敗；尚才氣者，非大勝則大敗。觀漢程不識、李廣，唐李勣、薛萬徹之爲將可見。

東坡《進呈陸宣公奏議劄子》云：「藥雖進於醫手，方多傳於古人。」《上神宗皇帝書》云：「大抵事若可行，不必皆有故事。」蓋法高於意則用法，意高於法則用意，用意正其神明於法也。文章一道，何獨不然。

敘事之學，須貫《六經》、九流之旨；敘事之筆，須備五行四時之氣。「維其有之，是以似之」，弗可易矣。

大書特書，牽連得書，敘事本此二法，便可推擴不窮。

敘事有寓理，有寓情，有寓氣，有寓識。無寓，則如偶人矣。

敘事有主意，如傳之有經也。主意定，則先此者爲先經，後此者爲後經，依此者爲依經，錯此者爲錯經。

敘事有特敘，有類敘，有正敘，有帶敘，有實敘，有借敘，有詳敘，有約敘，有順敘，有倒敘，有連敘，有截敘，有豫敘，有補敘，有跨敘，有插敘，有原敘，有推敘，種種不同。惟能綫索在手，則錯綜變化，惟吾所施。

敘事要有尺寸，有斤兩，有剪裁，有位置，有精神。

論事調諧，敘事調澀。左氏每成片引人言，是以論入敘，故覺諧多澀少也。

史莫要於表微，無論紀事纂言，其中皆須有表微意在。

爲人作傳，必人己之間，同弗是，異弗非，方能持理之平，而施之不枉其實。

傳中敘事，或敘其有致此之由而果若此，或敘其無致此之由而竟若此，大要合其人之志行與時位，而稱量以出之。

劉彥和謂群論立名，始於《論語》，不引《周官》「論道經邦」一語，後世誚之，其實過矣。《周官》雖有論道之文，然其所論者未詳。《論語》之言，則原委具在。然則論非《論語》，奚法乎？

論不可使辭勝於理。辭勝理則以反人爲實，以勝人爲名，弊且不可勝言也。《文心雕龍・論説》篇解「論」字，有「倫理有無」及「彌綸群言，研精一理」之説，得之矣。

有俊傑之論，有儒生、俗士之論。利弊明而是非審，其斯爲俊傑也與。

論之失，或在失出，或在失入。失出視失入，其猶愈乎。

法以去弊，亦易生弊。立論之當慎，與立法同。

論是非，所以定從違也。從違不可苟，是非可少紊乎！

人多事多難遍論，借一論之，一索引千鈞，是何關係？

《文賦》云：「論精微而朗暢。」精微以意言，朗暢以辭言。精微者，不惟其難惟其是；朗暢者，不惟其易惟其達。

論不貴强下斷語。蓋有置此舉彼，從容敘述，而本事之理已曲到無遺者。

《莊子》曰：「六合之外，聖人存而不論；六合之内，聖人論而不議；春秋經世先王之志，聖人議而不辯。」余謂有不論、不議、不辯，論、議、辯斯當矣。

敘事要有法，然無識則法亦虚；論事要有識，然無法則識亦晦。

文有辭命一體，命與辭非出於一人也。古行人奉使，受命不受辭，觀展喜犒師，公使受命於展禽可見矣。若出於一人而亦曰辭命，則以主意爲命，以達其意者爲辭，義亦可通。

辭命之旨在忠告，其用却全在善道。奉使受命不受辭，蓋因時適變，自有許多衡量在也。

辭命亦衹敘事、議論二者而已，觀《左傳》中辭命可見。

辭命體，推之即可爲一切應用之文。應用文有上行，有平行，有下行。重其辭，乃所以重其實也。

陳壽上《故蜀丞相諸葛亮故事》曰：「皋陶之謨略而雅，周公之誥煩而悉。何則？皋陶與舜、禹共談，周公與群下矢誓故也。」《晉書·李密傳》中語略與之同。辭命各有所宜，可由是意推之。

文之要，本領、氣象而已。本領欲其大而深，氣象欲其純而懿。

《老子》曰「言有宗」，《墨子》曰「立辭而不明於其類，則必困矣」，「宗」「類」二字，於文之體用包括殆盡。

文固要句句字字受命於主腦，而主腦有純駁、平陂、高下之不同。若非慎辨而去取之，則差若毫釐，繆以千里矣。

文之所尚，不外當無者盡無，當有者盡有。故昌黎《答李翊書》云：「惟陳言之務去。」《樊紹述墓志銘》云：「其富若生蓄，萬物必具。」柳州《愚溪詩序》云：「漱滌萬物，牢籠百態。」

文有以不言言者。《春秋》有書有不書，書之事顯，不書之意微矣。

文有寫處，有做處。人皆云云者，謂之寫；我獨云云者，謂之做。《左傳》、《史記》兼用之。

乍見道理之人，言多理障；乍見故典之人，言多事障。故艱深正是淺陋，繁博正是寒儉。文家方以此自足而夸世，何耶？

白賁占於賁之上爻，乃知品居極上之文，只是本色。

君子之文無欲，小人之文多欲。多欲者美勝信，無欲者信勝美。

文尚華者日落，尚實者日茂。其類在色老而衰，智老而多矣。

文有古、近之分。大抵古樸而近華，古拙而近巧，古信己心而近取世譽。不是作散體，便可名古文也。

文有三古：作古之言近於《易》，則古之言近於《禮》，治古之言近於《春秋》。

文貴法古，然患先有一古字横在胸中。蓋文惟其是，惟其真。舍是與真，而於形模求古，所貴於古者果如是乎？

文有七戒，曰旨戒雜，氣戒破，局戒亂，語戒習，字戒僻，詳略戒失宜，是非戒失實。

《文心雕龍》以「隱秀」二字論文，推闡甚精。其云「晦塞非隱，雕削非秀」，更爲善防流弊。

言外無窮者，茂也；言内畢足者，密也。漢文茂如西京，密如東京。

多用事與不用事，各有其弊。善文者滿紙用事，未嘗不空諸所有；滿紙不用事，未嘗不包諸所有。

善書者，點畫微而意態自足，點畫大而氣體不累。文之沈著、飄逸，當準是觀之。

治勝亂，至治勝治。至治之氣象，皞皞而已。文或秩然有條而轍迹未泯，更當躋而上之。

詞述古義，箴砭末俗，文之正變，即二者可以别之。

文有四時：《莊子》，「獨寐寤言」時也；《孟子》，「嚮明而治」時也；《離騷》，「風雨如晦」時也；《國策》，「飲食有訟」時也。

文有仰視，有俯視，有平視。仰視者其言恭，俯視者其言慈，平視者其言直。

文有本位。孟子於本位毅然不避，至昌黎則漸避本位矣，永叔則避之更甚矣。凡避本位易窈眇，亦易選懦。文至永叔以後，方以避本位爲獨得之傳，蓋亦頗矣。

文之道，可約舉經語以明之，曰「辭達而已矣」，「脩辭立其誠」，「言近而指遠」，「辭尚體要」，「乃言底可績」，「非先王之法言不敢言」，「易其心而後語」。

文家得力處人不能識，如東坡《表忠觀碑》，王荆公問坐客畢竟似子長何語，坐客悚然是也。用力處人不能解，如歐陽公欲作文，先誦《史記·日者傳》是也。

《易·繫傳》：「物相雜，故曰文。」《國語》：「物一無文。」徐鍇《説文通論》：「强弱相成，剛柔相形，故於文『人乂』爲『文』。」《朱子語録》：「兩物相對待，故有文。若相離去，便不成文矣。」爲文者盍思文之所由生乎？

《左傳》：「言之無文，行而不遠。」後人每不解何以謂之無文，不若仍用《外傳》作注，曰「物一無文」。

《國語》言「物一無文」，後人更當知物無一則無文。蓋一乃文之真宰，必有一在其中，斯能用夫不一者也。

古人或名文曰筆。《梁書·庾肩吾傳》太子與湘東王書曰：「謝朓、沈約之詩，任昉、陸倕之筆。」筆對詩言者，蓋言志之謂詩，述事之謂筆也。其實筆本對口談而言，《晉書·樂廣傳》：「廣善清言，而不長於筆。將讓尹，請潘岳爲表，岳曰：『當得君意。』廣乃作二百句語述己之志。岳因取次比，便成名筆。時人咸云：『若廣不假岳之筆，岳不取廣之旨，無以成斯美也。』」昌黎亦云：「不惟舉之於其口，而又筆之於其書。」觀此而筆之所以命名者見矣。然昌黎於筆多稱文，如謂「漢朝人莫不能爲文，獨司馬相如、太史公、劉向、揚雄爲之最」是也。

卷二

詩概

《詩緯·含神霧》曰：「詩者，天地之心。」文中子曰：「詩者，民之性情也。」此可見詩爲天人之合。

「詩言志」，孟子「文辭志」之説所本也。「思無邪」，子夏《詩序》「發乎情，止乎禮義」之説所本也。

《關雎》取摯而有別，《鹿鳴》取食則相呼。凡詩能得此旨，皆應乎《風》《雅》者也。

《詩序》：「風，風也。風以動之。」可知風之義，至微至遠矣。觀二《南》詠歌文王之化，辭意之微遠何如？

變風始《柏舟》。《柏舟》與《離騷》同旨，讀之當兼得其人之志與遇焉。

《大雅》之變，具憂世之懷；《小雅》之變，多憂生之意。

《頌》固以美盛德之形容，然必原其所以至之由，以寓勸勉後人之意，則義亦通於《雅》矣。

《雅》《頌》相通，如《頌·閔予小子》《訪落》《敬之》《小毖》近《雅》，《雅·生民》《篤公劉》近《頌》。

「穆如清風」，「肅雝和鳴」，《雅》《頌》之懿，兩言可蔽。

《詩序正義》云：「比與興雖同是附託外物，比顯而興隱，當先顯後隱，故比居先也。《毛傳》特言興也，爲其理隱故也。」案，《文心雕龍·比興》篇云：「毛公述《傳》，獨標興體，豈不以風異而賦同，比顯而興隱哉！」《正義》蓋本於此。

「取象曰比，取義曰興」，語出皎然《詩式》，即劉彥和所謂「比顯興隱」之意。

《詩》，自樂是一種，「衡門之下」是也；自勵是一種，「坎坎代檀兮」是也；自傷是一種，「出自北門」是也；自譽自嘲是一種，「簡兮簡兮」是也；自警是一種，「抑抑威儀」是也。

「心之憂矣，其誰知之」，此詩人之憂過人也。「獨寐寤言，永矢弗告」，此詩人之樂過人也。憂世樂天，固當如是。

「皎皎白駒，在彼空谷」，出乎外也。「我任我輦，我車我牛」，入乎中也。「雝雝鳴雁，旭日始旦」，宜其始也。「風雨如晦，雞鳴不已」，持其終也。

真西山《文章正宗·綱目》云：「《三百五篇》之詩，其正言義理者蓋無幾，而諷詠之間，悠然得其性情之正，即所謂義理也。」余謂詩或寓義於情而義愈至，或寓情於景而情愈深，此亦《三百五篇》之遺意也。

詩喻物情之微者，近《風》；明人治之大者，近《雅》；通天地鬼神之奥者，近《頌》。

《離騷》，淮南王比之《國風》《小雅》，朱子《楚辭集注》謂「其語祀神之盛幾乎《頌》」。李太白《古風》云：「正聲何微茫，哀怨起騷人。」蓋有《詩》亡《春秋》作之意，非抑《騷》也。

劉勰《辯騷》謂《楚辭》「體慢於三代，風雅於戰國」，顧論其體不如論其志，志苟可質諸三代，雖謂易地則皆然可耳。

漢武帝《秋風辭》，《風》也；《瓠子歌》，《雅》也。《瓠子歌》憂民之思，足繼《雲漢》，文中子何但以《秋風》爲悔志之萌耶？

武帝《秋風辭》《瓠子歌》《柏梁與群臣賦詩》，後世得其一體，皆足成一大宗，而帝之爲大宗不待言矣。

或問《安世房中歌》與孝武《郊祀》諸歌孰爲奇正，曰《房中》正之正也，《郊祀》奇而正也。

漢《郊祀》諸樂府，以樂而象禮者也。所以典碩肅穆，視他樂府別爲一格。秦碑有韻之文質而勁，漢樂府典而厚。如商、周二《頌》，氣體攸别。質而文，直而婉，《雅》之善也。漢時《風》與《頌》多，而《雅》少。《雅》之義，非韋傅《諷諫》，其孰存之？

李陵贈蘇武五言，但敘別愁，無一語及於事實，而言外無窮，使人黯然不可爲懷。至「徑萬里兮度沙幕」一歌，意味頗淺，而《漢書·蘇武傳》載之，以爲陵作，其果然乎？

《古詩十九首》與蘇、李同一悲慨，然《古詩》兼有豪放曠達之意，與蘇、李之一於委曲含蓄，有陽舒陰慘之不同。知人論世者，自能得諸言外，固不必如鍾嶸《詩品》謂《古詩》「出於《國風》」，李陵「出於《楚辭》」也。

《十九首》鑿空亂道，讀之自覺四顧躊躇，百端交集。詩至此，始可謂「其中有物」也已。

曹公詩氣雄力堅，足以籠罩一切，建安諸子未有其匹也。子建則隱有「仁義之人，其言藹如」之意。鍾嶸品詩，不以「古直悲涼」加於「人倫周、孔」之上，豈無見乎！

曹子建《贈丁儀王粲》有云：「歡怨非貞則，中和誠可經。」此意足推風雅正宗。至骨氣情采，則鍾仲偉論之備矣。

公幹氣勝，仲宣情勝，皆有陳思之一體。後世詩，率不越此兩宗。

陸士衡詩粗枝大葉，有失出，無失入，平實處不妨屢見。正其無人之見存，所以獨到處亦躋卓絶，豈如沾沾戔戔者，纔出一言，便欲人道好耶！

劉彥和謂「士衡矜重」。而近世論陸詩者，或以累句訾之。然有累句，無輕句，便是大家品位。

士衡樂府，金石之音，風雲之氣，能令讀者驚心動魄。雖子建諸樂府，且不得專美於前，他何論焉！

阮嗣宗《詠懷》，其旨固爲淵遠，其屬辭之妙，去來無端，不可蹤迹。後來如射洪《感遇》、太白《古風》，猶瞻望弗及矣。

叔夜之詩峻烈，嗣宗之詩曠逸。夷、齊不降不辱，虞仲、夷逸隱居放言，趣尚乃自古別矣。

野者，詩之美也，故表聖《詩品》中有「疏野」一品。若鍾仲偉謂左太沖「野於陸機」，野乃不美之辭。然太沖是豪放，非野也，觀《詠史》可見。

張景陽詩開鮑明遠。明遠遒警絶人，然練不傷氣，必推景陽獨步，「苦雨」諸詩，尤爲高作，故鍾嶸《詩品》獨稱之。《文心雕龍·明詩》云：「景陽振其麗。」「麗」何足以盡景陽哉！

劉公幹、左太沖詩壯而不悲，王仲宣、潘安仁悲而不壯，兼悲壯者，其惟劉越石乎？孔北海《雜詩》「吕望老匹夫，管仲小囚臣」，劉越石《重贈盧諶》詩「惟彼太公望，昔在渭濱叟」，又稱「小白相射鈎」，於漢於晋，興復之志同也。北海言「人生有何常，但患年歲暮」，越石言「時哉不我與，去乎若雲浮」，其欲及時之志亦同也。鍾嶸謂越石詩出於王粲，以格言耳。

劉越石詩定亂扶衰之志，郭景純詩除殘去穢之情，第以「清剛」「儁上」目之，殆猶未覘厥藴。

嵇叔夜、郭景純皆亮節之士，雖《秋胡行》貴玄默之致，《游仙詩》假棲遯之言，而激烈悲憤，自在言外，乃知識曲宜聽其真也。

曹子建、王仲宣之詩出於《騷》，阮步兵出於《莊》，陶淵明則大要出於《論語》。

陶詩有「賢哉回也」「吾與點也」之意，直可嗣洙、泗遺音。其貴尚節義，如詠荆卿、美田子泰等作，則亦孔子賢夷、齊之志也。

陶詩「吾亦愛吾廬」，我亦具物之情也；「良苗亦懷新」，物亦具我之情也。《歸去來辭》亦云：「善萬物之得時，感吾生之行休。」

陶詩云：「願言躡清風，高舉尋吾契。」又云：「即事如已高，何必升華嵩。」可見其玩心高明，未嘗不脚踏實地，不是倜然無所歸宿也。

鍾嶸《詩品》謂阮籍《詠懷》之作「言在耳目之内，情寄八荒之表」。余謂淵明《讀山海經》，言在八荒之表，而情甚親切，尤詩之深致也。

詩可數年不作，不可一作不真。陶淵明自庚子距丙辰十七年間，作詩九首，其詩之真，更須問耶？彼無歲無詩，乃至無日無詩者，意欲何明？

謝才顔學，謝奇顔法。陶則兼而有之，大而化之，故其品爲尤上。

陶、謝用理語，各有勝境。鍾嶸《詩品》稱「孫綽、許詢、桓、庾諸公詩，皆平典似《道德論》」，此由乏理趣耳，夫豈尚理之過哉！

謝客詩刻畫微眇，其造語似子處，不用力而功益奇，在詩家爲獨闢之境。

康樂詩較顏爲放手，較陶爲刻意，鍊句用字，在生熟深淺之間。

沈約《宋書·謝靈運傳論》謂靈運「興會標舉」，延年「體裁明密」，所以示學兩家者，當相濟有功，不必如惠休上人好分優劣。

顏延年詩體近方幅，然不失爲正軌，以其字字稱量而出，無一苟下也。文中子稱之曰：「其文約以則，有君子之心。」蓋有以觀其深矣。

延年詩長於廊廟之體，然如《五君詠》，抑何善言林下風也。所蘊之富，亦可見矣。

左太沖《詠史》似論體，顏延年《五君詠》似傳體。

韋傳《諷諫詩》，經家之言；阮嗣宗《詠懷》，子家之言；顏延年《五君詠》，史家之言；張景陽《雜詩》，辭家之言。

「孤蓬自振，驚沙坐飛」，此鮑明遠賦句也。若移以評明遠之詩，頗復相似。

明遠長句慷慨任氣，磊落使才，在當時不可無一，不能有二。杜少陵《簡薛華醉歌》云：「近來海內爲長句，汝與山東李白好。何劉沈謝力未工，才兼鮑照愁絕倒。」此雖意重推薛，然亦見鮑之長句，何、劉、沈、謝均莫及也。

陳孔璋《飲馬長城窟》機軸開鮑明遠。惟陳純乎質，而鮑濟以妍，所以涉其流者，忘其發源所自。

謝玄暉詩以情韻勝，雖才力不及明遠，而語皆自然流出，同時亦未有其比。

江文通詩，有淒涼日暮、不可如何之意，此詩之多情而人之不濟也。雖長於雜擬，於古人蒼壯之作亦能肖吻，究非其本色耳。

庾子山《燕歌行》開唐初七古，《烏夜啼》開唐七律，其他體爲唐五絶、五律、五排所本者，尤不可勝舉。

隋楊處道詩，甚爲雄深雅健。齊、梁文辭之弊，貴清綺不重氣質，得此可以矯之。

唐初四子源出子山。觀少陵《戲爲六絶句》專論四子，而第一首起句便云「庾信文章老更成」，有意無意之間，驪珠已得。

唐初四子沿陳、隋之舊，故雖才力迥絶，不免致人異議。陳射洪、張曲江獨能超出一格，爲李、杜開先。人文所肇，豈天運使然耶？

曲江之《感遇》出於《騷》，射洪之《感遇》出於《莊》，纏緜、超曠，各有獨至。

太白詩以《莊》《騷》爲大源，而於嗣宗之淵放、景純之儁上、明遠之驅邁、玄暉之奇秀亦各有所取，無遺美焉。

《宣和書譜》稱賀知章「草隸佳處，機會與造化争衡，非工人可到」。余謂太白詩，佳處亦如之。

太白詩舉止極其高貴，不下商山采芝人語。

海上三山，方以爲近，忽又是遠。太白詩，言在口頭，想出天外，殆亦如是。

李詩鑿空而道，歸趣難窮，由《風》多於《雅》，興多於賦也。

「有時白雲起，天際自舒卷」，「却顧所來徑，蒼蒼横翠微」，即此四語，想見太白詩境。

太白與少陵同一志在經世，而太白詩中多出世語者，有爲言之也。屈子《遠游》曰：「悲時俗之迫阨兮，願輕舉而遠游。」使疑太白誠欲出世，亦將疑屈子誠欲輕舉耶！太白云「日爲蒼生憂」，即少陵「窮年憂黎元」之志也；「天地至廣大，何惜遂物情」，即少陵「盤飧老夫食，分減及溪魚」之志也。

太白詩雖若昇天乘雲，無所不之，然自不離本位。故放言實是法言，非李赤之徒所能託也。

「幕天席地，友月交風」，原是平常過活，非廣己造大也。太白詩當以此意讀之。「以友天下之善士爲未足，又尚論古之人」，神仙猶古之人耳。故知太白詩好言神仙，祇是將神仙當賢友，初非鄙薄當世也。

太白詩言俠、言仙、言女、言酒，特借用樂府形體耳。讀者或認作真身，豈非皮相！學太白詩，當學其體氣高妙，不當襲其陳意。若言仙、言酒、言俠、言女亦要學之，此僧皎然所謂「鈍賊」者也。

學太白者，常曰「天然去雕飾」足矣。余曰：此得手處，非下手處也。必取太白句意以爲祈嚮，盍云「獵微窮至精」乎？

杜詩高、大、深俱不可及。吐棄到人所不能吐棄，爲高；涵茹到人所不能涵茹，爲大；曲折到人所不能曲折，爲深。

「不敢要佳句，愁來賦別離」，二句是杜詩全旨。凡其云「念闕勞肝肺」「弟妹悲歌裏」「窮年憂黎元」，無非離愁而已矣。

頌其詩，貴知其人。先儒謂杜子美情多，得志必能濟物，可爲看詩之法。

太白早好縱横，晚學黄、老，故詩意每託之以自娱。少陵一生却只在儒家界内。

杜詩云「畏人嫌我真」，又云「直取性情真」，一自詠，一贈人，皆於論詩無與，然其詩之所尚可知。

杜詩只「有」「無」二字足以評之。有者，但見性情氣骨也；無者，不見語言文字也。

杜陵云「篇終接混茫」。夫篇終而接混茫，則全詩亦可知矣。且有混茫之人，而後有混茫之詩，故《莊子》云：「古之人，在混茫之中。」

意欲沈著，格欲高古。持此以等百家之詩，於杜陵乃無遺憾。少陵云「詩清立意新」，又云「賦詩分氣象」，作者本取意與氣象相兼，而學者往往奉一以爲宗派焉。

杜陵五、七古敍事，節次波瀾，離合斷續，從《史記》得來；而蒼莽雄直之氣，亦逼近之。畢仲游但謂杜甫似司馬遷，而不繫一辭，正欲使人自得耳。

「細筋入骨如秋鷹」，「字外出力中藏棱」，《史記》、杜詩其有焉。

近體氣格高古尤難，此少陵五排、五七律所以品居最上。

少陵以前律詩，枝枝節節，爲之氣斷意促，前後或不相管攝，實由於古體未深耳。

少陵深於古體，運古於律，所以開闔變化，施無不宜。

杜詩有不可解及看不出好處之句。「文章千古事，得失寸心知。」少陵嘗自言之。作者本不求知，讀者非身當其境，亦何容强臆耶。

昌黎鍊質，少陵鍊神。昌黎無疏落處，而少陵有之。然天下之至密，莫少陵若也。

少陵於鮑、庾、陰、何樂推不厭，昌黎云「齊梁及陳隋，衆作等蟬噪」。韓之論高而疏，不若杜之大而實也。

論李、杜詩者，謂太白志存復古，少陵獨開生面。少陵思精，太白韻高。然真賞之士，尤當有以觀其合焉。

王右丞詩，一種近孟襄陽，一種近李東川，清高、名雋各有宜也。

王摩詰詩，好處在無世俗之病。世俗之病，如恃才騁學、做身分、好攀引皆是。

劉文房詩，以研鍊字句見長。而清贍閑雅，蹈乎大方。其篇章亦儘有法度，所以能斷截晚唐家數。

高適詩，兩《唐書》本傳并稱其以氣質自高。今即以七古論之，體或近似唐初，而魄力雄毅，自不可及。

高常侍、岑嘉州兩家詩，皆可亞匹杜陵。至岑超高實，則趣尚各有近焉。

元道州著書，有《惡圓》《惡曲》等篇，其詩亦「一肚皮不合時宜」。然剛者必仁，此公足以當之。

孔門如用詩，則於元道州必有取焉，可由思狂狷知之。

「獨挺於流俗之中，强攘於已溺之後」，元次山以此序沈千運詩，亦以自寓也。

次山詩，令人想見立意較然，不欺其志。其疾官邪，輕爵禄，意皆起於惻怛爲民，不獨《春陵行》及《賊退示官吏作》足使杜陵感喟也。

元、韋兩家皆學陶。然蘇州猶多一「慕陶直可庶」之意，吾尤愛次山以不必似爲真似也。

韋蘇州憂民之意如元道州，試觀《高陵書情》云：「兵凶久相踐，徭賦豈得閑。促戚下可哀，寬政身致患。日夕思自退，出門望故山。」此可與《春陵行》《賊退示官吏作》并讀，但氣别婉勁耳。

錢仲文、郎君胄大率衍王、孟之緒，但王、孟之渾成，却非錢、郎所及。

王、孟及大曆十子詩皆尚清雅，惟格止於此而不能變，故猶未足籠罩一切。

詩文一源。昌黎詩有正有奇，正者即所謂「約《六經》之旨而成文」，奇者即所謂「時有感激怨懟奇怪之辭」。

昌黎《贈張籍》云：「此日足可惜，此酒不足嘗。」儒者之言，所由與任達者異。

太白詩多有羡於神仙者，或以喻超世之志，或以喻死而不亡，俱不可知。若昌黎云「安能從汝巢神山」，此固鄙夷不屑之意，然亦何必非寓言耶？

昌黎詩陳言務去，故有「倚天拔地」之意。《山石》一作，辭奇意幽，可爲《楚辭·招隱士》對，如柳州《天對》例也。

昌黎七古出於《招隱士》，當於意思刻畫、音節遒勁處求之。使第謂出於《柏梁》，猶未之盡。

「若使乘酣騁雄怪」，此昌黎《酬盧雲夫望秋作》之句也。統觀昌黎詩，頗以雄怪自喜。

昌黎詩往往以醜爲美，然此但宜施之古體，若用之近體則不受矣。是以言各有當也。

昌黎自言其行己不敢有愧於道，余謂其取友亦然。觀其《寄盧仝》云：「先生事業不可量，惟用法律自繩已。」《薦孟郊》云：「行身踐規矩，甘辱恥媚竈。」以盧、孟之詩名，而韓所盛推乃在人品，真千古論詩之極則也哉！

昌黎《送孟東野序》稱其詩以附於古之作者，《薦士詩》以「横空盤硬語，妥帖力排奡」目之，又《醉贈張秘書》云「東野動驚俗，天葩吐奇芬」，韓之推孟也至矣。後人尊韓抑孟，恐非韓意。

昌黎、東野兩家詩，雖雄富、清苦不同，而同一好難争險。惟中有質實深固者存，故較李長吉爲老成家數。

孟東野詩好處，黄山谷得之，無一軟熟句；梅聖俞得之，無一熱俗句。

陶、謝并稱，韋、柳并稱。蘇州出於淵明，柳州出於康樂，殆各得其性之所近。

韋云「微雨夜來過，不知春草生」，是道人語。柳云「迴風一蕭瑟，林影久參差」，是騷人語。

劉夢得詩稍近徑露，大抵骨勝於白，而韻遜於柳。要其名雋獨得之句，柳亦不能掩也。

尊老杜者病香山，謂其「拙於紀事，寸步不移，猶恐失之」，不及杜之「注坡蓦澗」，似也。至《唐書・白居易傳贊》引杜牧語，謂其詩「纖豔不逞，非莊士雅人所爲。流傳人間，交口教授，入人肌骨不可去」，此文人相輕之言，未免失實。

白香山《與元微之書》曰：「僕志在兼濟，行在獨善，奉而始終之則爲道，言而發明之則爲詩。謂之諷諭詩，兼濟之志也；謂之閒適詩，獨善之義也。」余謂詩莫貴於知道，觀香山之言，可見其或出或處，道無不在。

代匹夫匹婦語最難，蓋飢寒勞困之苦，雖告人人且不知，知之必物我無間者也。杜少陵、元次山、白香山不但如身入閭閻，目擊其事，直與疾病之在身者無異。頌其詩，顧可不知其人乎？

常語易，奇語難，此詩之初關也；奇語易，常語難，此詩之重關也。香山用常得奇，此境良非易到。

白香山樂府，與張文昌、王仲初同爲自出新意。其不同者，在此平曠而彼峭窄耳。

杜樊川詩雄姿英發，李樊南詩深情緜邈。其後李成宗派而杜不成，殆以杜之較無窠臼與？

詩有借色而無真色，雖藻繢實死灰耳。李義山却是絢中有素。敖器之謂其「綺密瓌妍，要非適用」，豈盡然哉？ 至或因其《韓碑》一篇，遂疑氣骨與退之無二，則又非其質矣。

宋王元之詩自謂樂天後進，楊大年、劉子儀學義山爲西崑體，格雖不高，五代以來，未能有其安雅。

東坡謂歐陽公「論大道似韓愈，詩賦似李白」。 然試以歐詩觀之，雖曰似李，其刻意形容處，實於韓爲逼近耳。

歐陽永叔出於昌黎，梅聖俞出於東野。 歐之推梅不遺餘力，與昌黎推東野略同。聖俞詩深微難識，即觀歐陽公云：「知聖俞者莫如修，常問聖俞生平所最好句，聖俞所自負者，皆修所不好，聖俞所卑下者，皆修所極賞。」是其苦心孤詣，且不欲徇非常人之意，況肯徇常人意乎？

梅、蘇并稱，梅詩幽淡極矣，然幽中有雋，淡中有旨；子美雄快，令人見便擊節，然雄快不足以盡蘇，猶幽淡不足以盡梅也。

王荆公詩學杜，得其瘦硬。 然杜具熱腸，公惟冷面。 殆亦如其文之學韓，同而未嘗不異也。

東坡詩打通後壁説話，其精微超曠，真足以開拓心胸，推倒豪傑。

東坡詩推倒扶起，無施不可，得訣只在能透過一層及善用翻案耳。

東坡詩善於空諸所有，又善於無中生有，機括實自禪悟中來。以辯才三昧而爲韻言，固宜其舌底瀾翻如是。

滔滔汩汩説去，一轉便見主意，《南華》《華嚴》最長於此。東坡古詩慣用其法。

陶詩醇厚，東坡和之以清勁，如宫商之奏，各自爲宫，其美正復不相掩也。

東坡《題與可畫竹》云「無窮出清新」，余謂此句可爲坡詩評語，豈偶借與可以自寓耶？杜於李亦以清新相目。詩家「清新」二字，均非易得。元遺山於坡詩，何乃以新譏之？

東坡、放翁兩家詩，皆有豪有曠。但放翁是有意要做詩人；東坡雖爲詩，而仍有夷然不屑之意，所以尤高。

退之詩豪多於曠，東坡詩曠多於豪。豪曠非中和之則，然賢者亦多出入於其中，以其與齪齪之腸胃固遠絶也。

遇他人以爲極艱極苦之境，而能外形骸以理自勝，此韓、蘇兩家詩意所同。

東坡詩，意頹放而語遒警。頹放過於太白，遒警亞於昌黎。太白長於風，少陵長於骨，昌黎長於質，東坡長於趣。

詩以出於《騷》者爲正，以出於《莊》者爲變。少陵純乎《騷》，太白在《莊》《騷》間，東坡則出於《莊》者十之八九。

山谷詩未能若東坡之行所無事，然能於詩家因襲語漱滌務盡，以歸獨得，乃如「潦水盡而寒潭清」矣。

山谷詩取過火一路，妙能出之以深雋，所以露中有含，透中有皺，令人一見可喜，久讀愈有致也。

無一意一事不可入詩者，唐則子美，宋則蘇、黄。要其胸中具有鑪錘，不是金銀銅鐵强令混合也。

唐詩以情韻氣格勝。宋蘇、黄皆以意勝，惟彼胸襟與手法俱高，故不以精能傷渾雅焉。

陳言務去，杜詩與韓文同。黄山谷、陳后山諸公學杜在此。

杜詩雄健而兼虚渾。宋西江名家學杜，幾於瘦硬通神，然於水深林茂之氣象，則遠矣。

西崑體貴富實貴清，襞積非所尚也；西江體貴清實貴富，寒寂非所尚也。

西崑體所以未入杜陵之室者，由文滅其質也。質文不可偏勝。西江之矯西崑，浸而愈甚，宜乎復詒口實與！

西江名家好處，在鍛鍊而歸於自然。放翁本學西江者，其云：「文章本天成，妙手偶得之。」平昔鍛鍊之功，可於言外想見。

放翁詩明白如話，然淺中有深，平中有奇，故足令人咀味。觀其《齋中弄筆詩》云「詩雖苦思未名家」，雖自謙，實自命也。

詩能於易處見工，便覺親切有味。白香山、陸放翁擅場在此。

朱子《感興詩》二十篇，高峻寥曠，不在陳射洪下。蓋惟有理趣而無理障，是以至爲難得。

嬰孩始言，唯「俞」而已，漸乃由一字以至多字。字少者含蓄，字多者發揚也。是則五言、七言，消息自有別矣。

五言如《三百篇》，七言如《騷》。《騷》雖出於《三百篇》，而境界一新。蓋醇實瓌奇分數，較有多寡也。

五言質，七言文；五言親，七言尊。幾見田家詩而多作七言者乎？幾見骨肉間而多作七言者乎？

五言與七言因乎情境，如《孺子歌》「滄浪之水清兮」，平澹天真，於五言宜；甯戚歌「滄浪之水白石粲」，豪蕩感激，於七言宜。

五言尚安恬，七言尚揮霍。安恬者，前莫如陶靖節，後莫如韋左司；揮霍者，前莫如鮑明遠，後莫如李太白。

五言要如山立時行，七言要如鼙鼓軒舞。

五言無閒字易，有餘味難；七言有餘味易，無閒字難。

七言於五言，或較易，亦或較難；或較便，亦或較累。蓋善爲者如多兩人任事，不善爲者如多兩人坐食也。

或謂七言如挽强用長。余謂更當挽强如弱，用長如短，方見能事。

潘邠老謂七言詩第五字要響，如「返照入江翻石壁，歸雲擁樹失山村」，「翻」字、「失」字；五言詩第三字要響，如「圓荷浮小葉，細麥落輕花」，「浮」字、「落」字。余謂此例何可盡拘？但論句中自然之節奏，則七言可以上四字作一頓，五言可以上二字作一頓耳。

五言上二字下三字，足當四言兩句，如「終日不成章」之於「終日七襄，不成報章」是也。七言上四字下三字，足當五言兩句，如「明月皎皎照我牀」之於「明月何皎皎，照我羅牀幃」是也。是則五言乃四言之約，七言乃五言之約矣。太白嘗有「寄興深微，五言不如四言，七言又其靡也」之説，此特意在尊古耳，豈可不達其意而誤增閒字以爲五、七哉！

詩有合兩句成七言者，如「君子有酒旨且多」「夜如何其夜未央」是也；有合兩句成五言者，如「祈父亶不聰」是也。後世七言每四字作一頓，五言每兩字作一頓，而五言亦或第三字屬上，上下間皆可以「兮」字界之。

七言講音節者，出於漢《郊祀》諸樂府；羅事實者，出於《柏梁詩》。

七言爲五言之慢聲，而長短句互用者，則以長句爲慢聲，以短句爲急節。此固不當與句句七言者并論也。

五言第二字與第四字，第三字與第五字，七言第二字與第四字，第四字與第六字，第五字與第七字，平仄相同則音拗，異則音諧。講古詩聲調者，類多避諧而取拗。然其間蓋有天籟，不當止以能拗爲古。

善古詩必屬雅材。俗意、俗字、俗調，苟犯其一，皆古之棄也。

凡詩不可以助長，五古尤甚。故詩不善於五古，他體雖工弗尚也。《書譜》云：「思慮通審，志氣和平，不激不厲，而風規自遠。」爲五古者，宜亦有取於斯言。

七古可命爲古、近二體：近體曰駢，曰諧，曰麗，曰緜；古體曰單，曰拗，曰瘦，曰勁。一尚風容，一尚筋骨。此齊梁、漢魏之分，即初、盛唐之所以別也。

論詩者謂唐初七古氣格雖卑，猶有樂府之意；亦思樂府非此體所能盡乎？豪傑之士，焉得不更思進取！

唐初七古，節次多而清韻婉，詠歎取之；盛唐七古，節次少而魄力雄，鋪陳尚之。伏應轉接，夾敘夾議，開闔盡變，古詩之法，近體亦俱有之，惟古詩波瀾較爲壯闊耳。

律與絶句，行間字裏，須有曖曖之致。古體較可發揮盡意，然亦須有不盡者存。

律詩，取律呂之義，爲其和也；取律令之義，爲其嚴也。

律詩要處處打得通，又要處處跳得起。草蛇灰綫，生龍活虎，兩般能事，當以一手兼之。

律詩主意拏得定，則開闔變化，惟我所爲。少陵得力在此。

律詩主句或在起，或在結，或在中，而以在中爲較難。蓋限於對偶，非高手爲之，必至物而不化矣。

律詩聲諧語儷，故往往易工而難化。能求之章法，不惟於字句争長，則體雖近而氣脈入古矣。

起有分合緩急，收有虚實順逆，對有反正平串，接有遠近曲直。欲窮律法之變，必先於是求之。

律詩既患旁生枝節，又患如琴瑟之專壹。融貫變化，兼之斯善。

律詩篇法，有上半篇開下半篇合，有上半篇合下半篇開。所謂半篇者，非但上四句與下四句之謂，即二句與六句，六句與二句，亦各爲半篇也。

律詩一聯中有以上下句論開合者，一句中有以上下半句論開合者，惟在相篇法而知所避就焉。

律詩手寫此聯，眼注彼聯，自覺減少不得，增多不得。若可增可減，則於律字名義失之遠矣。

律詩之妙，全在無字處。每上句與下句轉關接縫，皆機竅所在也。

律有似乎無起無收者。要知無起者後必補起，無收者前必豫收。

律詩中二聯必分寬緊遠近，人皆知之。惟不省其來龍去脈，則寬緊遠近爲妄施矣。

律體中對句用開合、流水、倒挽三法，不如用遮表法爲最多。或前遮後表，或前表後遮。表謂如此，遮謂不如彼，二字本出禪家。昔人詩中有用「是」「非」、「有」「無」等字作對者，「是」「有」即表，「非」「無」即遮。惟有其法而無其名，故爲拈出。

律詩不難於凝重，亦不難於流動，難在又凝重又流動耳。

律體可喻以僧家之律：狂禪破律，所宜深戒；小禪縛律，亦無取焉。

絶句取徑貴深曲，蓋意不可盡，以不盡盡之。正面不寫寫反面，本面不寫寫對面、旁面，須如覩影知竿乃妙。

絶句於六義多取風、興，故視他體尤以委曲、含蓄、自然爲尚。以鳥鳴春，以蟲鳴秋，此造物之借端託寓也。絶句之小中見大似之。

絶句意法，無論先寬後緊，先緊後寬，總須首尾相銜，開闔盡變。至其妙用，惟在借端託寓而已。

詩以律、絶爲近體，此就聲音言之也。其實古體與律、絶俱有古、近體之分，此當於氣質辨之。

古體勁而質，近體婉而妍，詩之常也。論其變，則古婉近勁，古妍近質，亦多有之。

論古、近體詩，參用陸機《文賦》，曰：絶「博約而温潤」，律「頓挫而清壯」，五古「平徹而閑雅」，七古「煒煜而譎誑」。

樂之所起，雷出地，風過簫，發於天籟，無容心焉。而樂府之所尚可知。

文辭志合而爲詩，而樂則重聲。《風》《雅》《頌》之入樂者，姑不具論，即漢樂府《飲馬長城窟》之「青青河畔草」與《古詩十九首》之「青青河畔草」，其音節可微辨矣。

《九歌》，樂府之先聲也。《湘君》《湘夫人》是南音，《河伯》是北音，即設色選聲處可以辨之。

《楚辭·大招》云：「四上競氣，極聲變只。」此即古樂節之「升歌笙入，間歌合樂」也。屈子《九歌》全是此法。樂府家轉韻轉意轉調，無不以之。

樂府聲律居最要，而意境即次之，尤須意境與聲律相稱，乃爲當行。

樂府之出於《頌》者，最重形容。《楚辭・九歌》狀所祀之神，幾於恍惚有物矣。後此如《漢書》所載《郊祀》諸歌，其中亦若有肸蠁之氣，蒸蒸欲出。

樂府有陳善納誨之意者，《雅》之屬也，如《君子行》便是。

《漢書・藝文志》云：「自孝武立樂府而采歌謡，於是有代、趙之謳，秦、楚之風，皆感於哀樂，緣事而發。」由是觀之，後世樂府近《風》之體多於《雅》《頌》，其由來亦已久矣。

樂府是代字訣，故須先得古人本意；然使不能自寓懷抱，又未免爲無病而呻吟。

樂府易不得，難不得。深於此事者，能使豪傑起舞，愚夫愚婦解頤，其神妙不可思議。

樂府調有疾徐，韻有疏數。大抵徐疏在前，疾數在後者，常也；若變者，又當心知其意焉。

古題樂府要超，新題樂府要穩。如太白可謂超，香山可謂穩。

雜言歌行，音節似乎無定，而實有不可易者存。蓋歌行皆樂府支流，樂不離乎本宮，本宮之中又有自然先後也。

賦不歌而誦，樂府歌而不誦，詩兼歌誦，而以時出之。

《詩》，一種是歌，「君子作歌」是也；一種是誦，「吉甫作誦」是也。《楚辭》有《九歌》與《惜誦》，其音節可辨而知。

《九歌》，歌也；《九章》，誦也。詩如少陵近《九章》，太白近《九歌》。

誦顯而歌微。故長篇誦，短篇歌；敘事誦，抒情歌。

詩以意法勝者宜誦，以聲情勝者宜歌。古人之詩，疑若千支萬派，然曾有出於歌、誦外者乎？

文有文律，陸機《文賦》所謂「普辭條與文律」是也。杜詩云：「晚節漸於詩律細。」使將詩律「律」字解作五律、七律之律，則文律又何解乎？大抵只是以法爲律耳。

詩之局勢非前張後歛，則前歛後張，古體、律、絶無以異也。

詩以離合爲跌宕，故莫善於用遠合近離。近離者，以離開上句之意爲接也。離後復轉而與未離之前相合，即遠合也。

篇意前後摩盪，則精神自出。如《豳風·東山》詩，種種景物，種種情思，其摩盪衹在「徂」「歸」二字耳。

問短篇所尚，曰：「咫尺應須論萬里。」問長篇所尚，曰：「萬斛之舟行若風。」二句皆杜詩，而杜之長短篇即如之。杜詩又云：「大城鐵不如，小城萬丈餘。」其意亦可相通相足。

長篇宜橫鋪，不然則力單；短篇宜紆折，不然則味薄。

大起大落，大開大合，用之長篇，此如黄河之百里一曲，千里一曲一直也。然即短至絶句，亦未嘗無尺水興波之法。

長篇以敘事，短篇以寫意，七言以浩歌，五言以穆誦。此皆題實司之，非人所能與。

伏應、提頓、轉接、藏見、倒順、綰插、淺深、離合諸法，篇中、段中、聯中、句中均有取焉。然非渾然無迹，未善也。

少陵《寄高達夫》詩云「佳句法如何」，可見句之宜有法矣。然欲定句法，其消息未有不從章法、篇法來者。

「河水清且漣」「閒關車之牽」，皆是五言，且皆是上二字下三字句法，而意有順倒之不同。

詩無論五七言及句法倒順，總須將上半句與下半句比權量力，使足相當。不然，頭空足弱，無一可者。

鍊篇、鍊章、鍊句、鍊字，總之所貴乎鍊者，是往活處鍊，非往死處鍊也。夫活，亦在乎認取詩眼而已。

詩眼，有全集之眼，有一篇之眼，有數句之眼，有一句之眼；有以數句爲眼者，有以一句爲眼者，有以一二字爲眼者。

冷句中有熱字，熱句中有冷字。情句中有景字，景句中有情字。詩要細筋入骨，必由善用此字得之。

詩有雙關字，有偏舉字。如陶詩「望雲慚高鳥，臨水愧游魚」，「雲」「鳥」「水」「魚」是偏舉，「高」「游」是雙關。偏舉，舉物也；雙關，關己也。

問韻之相通與不相通，以何爲憑。曰：憑古。古通者，吾亦通之。《毛詩》，《楚辭》，漢、魏、六朝詩，杜、韓諸大家詩，以及他古書中有韻之文，皆其準驗也。

辨得平聲韻之相通與不相通，斯上聲、去聲之通不通因之而定。東、冬、江通，則董、腫、講通矣，送、宋、絳亦通矣。推之：支、微、齊、佳、灰通，則紙、尾、薺、蟹、賄通，寘、未、霽、泰、卦、隊通。魚、虞通，則語、麌通，御、遇通。真、文、元、寒、删、先通，則軫、吻、阮、旱、潸、銑通，震、問、願、翰、諫、霰通。蕭、肴、豪通，則篠、巧、皓通，嘯、效、號通。歌、麻通，則哿、馬通，箇、禡通。庚、青、蒸通，則梗、迥通，敬、徑通。侵、覃、鹽、咸通，則寢、感、儉、豏通，沁、勘、豔、陷通。陽無通，則養亦無通，漾亦無通。尤無通，則有亦無通，宥亦無通。

入聲韻之通不通，亦於平聲定之。東、冬、江通，則屋、沃、覺通。真、文、元、寒、删、先通，則質、物、月、曷、黠、屑通。庚、青、蒸通，則陌、錫、職通。侵、覃、鹽、咸通，則緝、合、葉、洽通。陽無通，則藥亦無通。

論詩者，或謂鍊格不如鍊意，或謂鍊意不如鍊格。惟姜白石《詩説》爲得之，曰「意出於格，先得格也。格出於意，先得意也」。

文所不能言之意，詩或能言之。大抵文善醒，詩善醉，醉中語亦有醒時道不到者。蓋其天機之發，不可思議也。故余論文旨曰：「惟此聖人，瞻言百里。」論詩旨曰：「百爾所思，不如我所之。」

詩之所貴於言志者，須是以直温寬栗爲本。不然，則其爲志也荒矣。如《樂記》所謂「喬志」「溺志」是也。

詩之言持，莫先於内持其志，而外持風化從之。

古人因志而有詩，後人先去作詩，却推究到詩不可以徒作，因將志入裹來，已是倒做了，況無與於志者乎！

《文心雕龍》云：「嵇志清峻，阮旨遥深。」鍾嶸《詩品》云：「郭景純用儁上之才，劉越石仗清剛之氣。」余謂「志」「旨」「才」「氣」，人占一字，此特就其所尤重者言之，其實此四字，詩家不可缺一也。

「思無邪」，「思」字中境界無盡，惟所歸則一耳。嚴滄浪《詩話》謂「信手拈來，頭頭是道」，似有得於此意。

雅人有深致，風人、騷人亦各有深致。後人能有其致，則《風》《雅》《騷》不必在古矣。

「昔我往矣，楊柳依依。今我來思，雨雪霏霏」，雅人深致，正在借景言情。若舍景不言，不過曰春往冬來耳，有何意味？然「黍稷方華，雨雪載塗」，與此又似同而異，須索解人。

夏侯湛作《周詩》成，示潘安仁，安仁曰：「此非徒温雅，乃别見孝弟之性。」余謂孝弟之性，乃其所以温雅也。二而言之，安仁於是爲不知詩矣。

謝靈運詩：「事爲名教用，道以神理超。」下句意須離不得上句。不然，是名教外别有所謂神理矣。

不發乎情，即非禮義，故詩要有樂有哀；發乎情，未必即禮義，故詩要哀樂中節。天之福人也，莫過於予以性情之正；人之自福也，莫過於正其性情。從事於詩而有得，則樂而不荒，憂而不困，何福如之！

景有大小，情有久暫。詩中言景，既患大小相混，又患大小相隔。言情亦如之。

興與比有闊狹之分。蓋比有正而無反，興兼反正故也。

昔人謂激昂之言出於興，此「興」字與他處言興不同。激昂大抵只是情過於事，如太白詩「欲上青天覽日月」是也。

山之精神寫不出，以煙霞寫之；春之精神寫不出，以草樹寫之。故詩無氣象，則精神亦無所寓矣。

詩格，一爲品格之格，如人之有智愚賢不肖也；一爲格式之格，如人之有貧富貴賤也。

詩品出於人品。人品悃款樸忠者最上，超然高舉、誅茅力耕者次之，送往勞來、從俗富貴者無譏焉。

言詩格者必及氣。或疑太鍊傷氣，非也。傷氣者，蓋鍊辭不鍊氣耳。

氣有清濁厚薄，格有高低雅俗。詩家泛言氣格，未是。

林艾軒謂：「蘇、黄之別，猶丈夫女子之應接。丈夫見賓客，信步出將去；如女子，則非塗澤不可。」余謂此論未免誣黄而易蘇。然推以論一切之詩，非獨女態當無，雖丈夫之貴賤賢愚，亦大有辨矣。

詩以悦人爲心與以夸人爲心，品格何在？而猶譊譊於品格，其何異溺人必笑耶？

或問：「詩偏於敘則掩意，偏於議則病格。此説亦辨意格者所不遺否？」曰：遺則不是，執則淺矣。

「其詩孔碩，其風肆好。」後世爲詩者於「碩」「好」二字須善認。使非真碩，必且迂；非真好，必且靡也。

詩不清則蕪，不穆則露。「穆如清風」，宜吉甫合而言之。

凡詩迷離者要不閒，切實者要不盡，廣大者要不廓，精微者要不僻。

詩要避俗，更要避熟。剥去數層方下筆，庶不墮「熟」字界裏。

詩要超乎「空」「欲」二界。空則入禪，欲則入俗。超之之道無他，曰「發乎情，止乎禮義」而已。

或問詩何爲富貴氣象，曰：大抵富如昔人所謂「函蓋乾坤」，貴如所謂「截斷衆流」便是。

詩質要如銅牆鐵壁，氣要如天風海濤。

詩不可有我而無古，更不可有古而無我。典雅、精神，兼之斯善。

鍾嶸謂阮步兵詩可以陶寫性靈，此爲以性靈論詩者所本。杜詩亦云：「陶冶性靈存底物，新詩改罷自長吟。」

元微之作《杜工部墓志》，深薄宋、齊間吟寫性靈、流連光景之文。其實性靈、光景，自風雅肇興便不能離，在辨其歸趣之正不正耳。

詩涉脩飾，便可憎鄙。而脩飾多起於貌爲有學而不養本體。晉東海王越《與阮瞻書》曰：「學之所入淺，體之所安深。」善夫！

詩一往作遺世自樂語，以爲仙意，不知却是仙障。仙意須如陰長生古詩「游戲仙都，顧愍群愚」二語，庶爲得之。抑《度人經》所謂「悲歌朗太空」也。

詩一戒滯累塵腐，一戒輕浮放浪。凡出辭氣，當遠鄙倍，詩可知矣。

詩中固須得微妙語，然語語微妙，便不微妙。須是一路坦易中，忽然觸著，乃足令人神遠。

花鳥纏緜，雲雷奮發，絃泉幽咽，雪月空明：詩不出此四境。

《詩》「嚶嚶草蟲」，聞而知也；「趯趯阜螽」，見而知也；「有車鄰鄰」，知而聞也；「有馬白顛」，知而見也。詩有外於知與聞見者耶？

「清風明月不用一錢買」，上四字共知也，下五字獨得也。凡佳章中必有獨得之句，佳句中必有獨得之字。惟在首、在腰、在足，則不必同。

「曲徑通幽處，禪房花木深」，六一賞之；「四更山吐月，殘夜水明樓」，東坡賞之。此等處，古人自會心有在，後人或强解之，或故疑之，皆過矣。

卷三

賦概

班固言「賦者，古詩之流」，其作《漢書·藝文志》，論孫卿、屈原賦有「惻隱古詩之義」。劉勰《詮賦》謂賦爲「六義附庸」。可知六義不備，非詩即非賦也。賦，古詩之流。古詩如《風》《雅》《頌》是也，即《離騷》出於《國風》《小雅》可見。言情之賦本於《風》，陳義之賦本於《雅》，述德之賦本於《頌》。

李仲蒙謂：「敘物以言情謂之賦，索物以託情謂之比，觸物以起情謂之興。」此明賦、比、興之別也。然賦中未嘗不兼具比、興之意。

詩爲賦心，賦爲詩體。詩言持，賦言鋪，持約而鋪博也。古詩人本合二義爲一，至西漢以來，詩、賦始各有專家。

賦起於情事雜沓，詩不能馭，故爲賦以鋪陳之。斯於千態萬狀，層見迭出者，吐無不暢，暢無或竭。《楚辭・招魂》云：「結撰至思，蘭芳假些。人有所極，同心賦些。」曰「至」曰「極」，此皇甫士安《三都賦序》所謂「欲人不能加」也。

樂章無非詩，詩不皆樂；賦無非詩，詩不皆賦。故樂章，詩之宮商者也；賦，詩之鋪張者也。

賦別於詩者，詩辭情少而聲情多，賦聲情少而辭情多。皇甫士安《三都賦序》云：「昔之爲文者，非苟尚辭而已。」正見賦之尚辭不待言也。

古者辭與賦通稱。《史記・司馬相如傳》言「景帝不好辭賦」，《漢書・揚雄傳》「賦莫深於《離騷》，辭莫麗於相如」，則辭亦爲賦，賦亦爲辭，明甚。

《騷》爲賦之祖。太史公《報任安書》「屈原放逐，乃賦《離騷》」，《漢書・藝文志》「屈原賦二十五篇」，不別名騷。劉勰《辯騷》曰：「名儒辭賦，莫不擬其儀表。」又曰：「雅頌之博徒，而辭賦之英傑也。」

太史公《屈原傳》曰：「離騷，猶離憂也。」於「離」字初未明下注脚。應劭以「遭」訓「離」，恐未必是。王逸《楚辭章句》：「離，別也；騷，愁也。言己放逐離別，中心愁思。」蓋爲得之。然不若屈子自云：「余既不難夫離別兮，傷靈脩之數化。」尤見離而騷者，爲君非爲私也。

《離騷》云：「余固知謇謇之爲患兮，忍而不能舍也。」《九章》云：「知前轍之不遂兮，未改此度。」屈子見疑愈信，被謗愈忠，於此見矣。

班固以屈原爲露才揚己，意本揚雄《反離騷》，所謂「知衆嫭之嫉妬兮，何必揚纍之蛾眉」是也。然此論殊損志士之氣。王陽明《弔屈平廟賦》「衆狂稱兮，謂纍揚己」二語，真足令讀者稱快。

《騷》辭較肆於《詩》，此如「《春秋》謹嚴，《左氏》浮夸」，浮夸中自有謹嚴意在。「《國風》好色而不淫，《小雅》怨誹而不亂」，淮南以此傳《騷》，而太史公引之。少陵詠宋玉宅云：「風流儒雅亦吾師。」「亦」字下得有眼，蓋對屈子之風雅而言也。

賦當以真僞論，不當以正變論。正而僞，不如變而真。屈子之賦，所由尚已。

變風變雅，變之正也；《離騷》亦變之正也。「跪敷衽以陳辭兮，耿吾既得此中正。」屈子固不嫌自謂。

《離騷》東一句，西一句，天上一句，地下一句，極開闔抑揚之變，而其中自有不變者存。

荀卿之賦直指，屈子之賦旁通。景以寄情，文以代質，旁通之妙用也。

王逸云：「小山之徒，閔傷屈原，又怪其文昇天乘雲，役使百神，似若仙者。」余案，此但得其文之似，尚未得其旨。屈之旨蓋在「臨睨夫舊鄉」，不在「涉青雲以汎濫游」也。

《騷》之抑遏蔽掩，蓋有得於《詩》《書》之隱約。自宋玉《九辯》已不能繼，以才穎漸露故也。

頓挫莫善於《離騷》，自一篇以至一章，及一兩句，皆有之，此《傳》所謂「反覆致意」者。

敘物以言情謂之賦，余謂《楚辭·九歌》最得此訣。如「嫋嫋兮秋風，洞庭波兮木葉下」，正是寫出「目眇眇兮愁予」來；「荒忽兮遠望，觀流水兮潺湲」，正是寫出「思公子兮未敢言」來，俱有「目擊道存，不可容聲」之意。

《楚辭·九歌》，兩言以蔽之，曰：「樂以迎來，哀以送往。」

《九歌》與《九章》不同，《九歌》純是性靈語，《九章》兼多學問語。

屈子《九歌》，如《雲中君》之「猋舉」，《湘君》之「夷猶」，《山鬼》之「窈窕」，《國殤》

之「雄毅」，其擅長得力處，已分明一一自道矣。

屈子之文，取諸六氣，故有晦明變化、風雨迷離之意。讀《山鬼》篇，足覘其概。

屈子之辭，沈痛常在轉處。「氣繚轉而自締」，《悲回風》篇語可以借評。

屈子《橘頌》云：「秉德無私，參天地兮。」又云：「行比伯夷，置以爲像兮。」「天地」「伯夷」大矣，而借橘言之，故得不迂而妙。

《橘頌》品藻精至，在《九章》中尤純乎賦體。《史記·屈原傳》云：「乃作《懷沙》之賦。」知此類皆可以賦統之。

長卿《大人賦》出於《遠游》，《長門賦》出於《山鬼》，王仲宣《登樓賦》出於《哀郢》；曹子建《洛神賦》出於《湘君》《湘夫人》，而屈子深遠矣。

屈子以後之作，志之清峻，莫如賈生《惜誓》；情之緜邈，莫如宋玉「悲秋」；骨之奇勁，莫如淮南《招隱士》。

宋玉《招魂》，在《楚辭》爲尤多異采。約之亦只兩境：一可喜，一可怖而已。問《招魂》何以備陳聲色供具之盛，曰「美人爲君子，珍寶爲仁義」，以張平子《四愁詩序》通之，思過半矣。且觀其所謂「不可以託」「不可以止」之處，非即「水深雪雰爲小人」之例乎?

宋玉《風賦》出於《雅》,《登徒子好色賦》出於《風》,二者品居最上。《釣賦》縱横之氣,駸駸乎入於説術,殆其降格爲之。

《文心雕龍》云「楚人理賦」,隱然謂《楚辭》以後無賦也。李太白亦云:「屈、宋長逝,無堪與言。」

朱子答吕東萊,謂「屈、宋、唐、景之文,其言雖侈,其實不過悲愁、放曠二端而已。於是屏絶不復觀」。按,朱子此言,特有爲而發。觀其爲《楚辭集注》,何嘗不取諸家好處?

賈誼《惜誓》《弔屈原》《鵩賦》,俱有鑿空亂道意。騷人情境,於斯猶見。

《鵩賦》爲賦之變體。即其體而通之,凡能爲子書者,於賦皆足自成一家。

《惜誓》,余釋以爲「惜」者,惜己不遇於時,發乎情也;「誓」者,誓己不改所守,止乎禮義也。此與篇中語意俱合。王逸注「哀惜懷王與己約信而復背之」,其説似淺。

讀屈、賈辭,不問而知其爲志士仁人之作。太史公之合傳,陶淵明之合贊,非徒以其遇,殆以其心。

「詩人之優柔，騷人之清深」，後來難并矣。惟奇倔一境，雖亦《詩》《騷》之變，而尚有可廣。此淮南《招隱士》所以作與？

王無功謂薛收《白牛溪賦》「韻趣高奇，詞義曠遠。嵯峨蕭瑟，真不可言」。余謂賦之足當此評者蓋不多有，前此其惟小山《招隱士》乎？

屈子之賦，賈生得其質，相如得其文，雖塗徑各分，而無庸軒輊也。揚子雲乃謂「賈誼升堂，相如入室」，以己多依效相如故耳。

賈生之賦志勝才，相如之賦才勝志。賈、馬以前，景差、宋玉已若以此分途，今觀《大招》《招魂》可辨。

相如一切文，皆善於架虛行危。其賦既會造出奇怪，又會撇入窅冥，所謂「似不從人間來者」，此也。至模山範水，猶其末事。

屈子之賦，筋節隱而不露，長卿則有迹矣。然作長篇，學長卿入門較易。

相如之淵雅，鄒陽、枚乘不及；然鄒、枚雄奇之氣，相如亦當避謝。

《漢書·枚乘傳》：「梁客皆善辭賦，乘尤高。」則知當日賦名重於相如矣。後世學相如之麗者，還須以乘之高濟之。

枚乘《七發》出於宋玉《招魂》。枚之秀韻不及宋，而雄節殆於過之。

班倢仔《擣素賦》怨而不怒，兼有「塞淵」「温惠」「淑慎」六字之長，可謂深得風人之旨。

後漢趙元叔《窮魚賦》及《刺世嫉邪賦》，讀之知爲抗髒之士。惟徑直露骨，未能如屈、賈之味餘文外耳。

建安名家之賦，氣格遒上，意緒緜邈；騷人清深，此種尚延一綫。後世不問意格若何，但於辭上爭辯，賦與騷始異道矣。

《楚辭》風骨高，西漢賦氣息厚，建安乃欲由西漢而復於《楚辭》者。若其至與未至，所不論焉。

問《楚辭》、漢賦之别，曰：《楚辭》按之而逾深，漢賦恢之而彌廣。

《楚辭》尚神理，漢賦尚事實。然漢賦之最上者，機括必從《楚辭》得來。

或謂《楚賦》「自鑄偉辭」，其取鎔經義，疑不及漢。余謂《楚》取於經，深微周浹，無迹可尋，實乃較漢尤高。

《楚辭》，賦之樂；漢賦，賦之禮。歷代賦體，只須本此辨之。

屈靈均、陶淵明，皆狂狷之資也。屈子《離騷》一往皆特立獨行之意。陶自言「性剛才拙，與物多忤，自量爲己，必貽俗患」，其賦品之高，亦有以矣。

屈子辭，雷填風颯之音；陶公辭，木榮泉流之趣。雖有一激一平之別，其爲獨往獨來則一也。

《離騷》不必學《三百篇》，《歸去來辭》不必學《騷》，而皆有其獨至處，固知真古自與摹古異也。

屈子之纏綿，枚叔、長卿之巨麗，淵明之高逸，宇宙間賦，歸趣總不外此三種。

李白《大獵賦序》云：「辭欲壯麗，義歸博達。」似約相如答盛覽問賦之旨，而白賦亦允足稱之。

李白《大鵬賦序》云：「覩阮宣子《大鵬讚》，鄙心陋之。」《大獵賦序》於相如《子虛》《上林》、子雲《長楊》《羽獵》，且謂齷齪之甚，皆是尊題法。尊題，則賦之識見氣體不由不高矣。

韓昌黎《復志賦》，李習之《幽懷賦》，皆有得於《騷》之波瀾意度而異其迹象。故知獵豔辭、拾香草者，皆童蒙之智也。

孫可之《大明宮賦》，語極遒練，意多勸誡，與李習之《幽懷賦》殊塗并美。

唐之劉復愚，宋之黄山谷，皆學《楚辭》而困躓者。然一種孤峻之致，正復難蹤，特未可爲舉肥之相者道耳。

《周禮》太師之職，始見「賦」字。鄭注「賦之言鋪」，而於鋪之原委，仍引而未發也。

鋪，有所鋪，有能鋪。司馬相如《答盛覽問賦書》有賦迹、賦心之説。迹，其所；心，其能也。心迹本非截然爲二。覽聞其言，乃終身不敢言作賦之心，抑何固哉！且言賦心，不起於相如，自《楚辭·招魂》「同心賦些」已發端矣。

《楚辭·涉江》《哀郢》，「江」「郢」，迹也；「涉」「哀」，心也。推諸題之有迹者亦見心，但言心者亦具迹也。

賦，辭欲麗，迹也；義欲雅，心也。「麗辭雅義」，見《文心雕龍·詮賦》。前此，《揚雄傳》云：「司馬相如作賦，甚宏麗温雅。」《法言》云：「詩人之賦麗以則。」「則」與「雅」無異旨也。

古人賦詩與後世作賦，事異而意同。意之所取，大抵有二：一以諷諫，《周語》「瞍賦曚誦」是也；一以言志，《左傳》趙孟曰「請皆賦以卒君貺，武亦以觀七子之志」，韓宣子曰「二三子請皆賦，起亦以知鄭志」是也。言志、諷諫，非「雅」「麗」何以善之？

太史公《屈原傳贊》曰：「悲其志。」《敘傳》曰：「作辭以諷諫。」志與諷諫，賦之體用具矣。

屈兼言志、諷諫；馬、揚則諷諫爲多；至於班、張則揄揚之意勝，諷諫之義鮮矣。「風雨如晦，雞鳴不已」，屈子言志之指；「無已太康，職思其居」，馬、揚諷諫之指。《史記·司馬相如傳贊》曰：「相如雖多虛辭濫説，然其要歸引之節儉。」此與《詩》之風諫何異！《敘傳》曰：「《子虛》之事，《大人》賦説，靡麗多夸，然其指風諫，歸於無爲。」揚雄《甘泉賦序》曰：「奏《甘泉賦》以風。」《羽獵賦序》曰：「聊因《校獵賦》以風之。」《長楊賦序》曰：「藉翰林以爲主人、子墨爲客卿以風。」賦之諷諫，可於斯取則矣。

古人一生之志，往往於賦寓之。《史記》《漢書》之例，賦可載入列傳，所以使讀其賦者即知其人也。

《屈原傳》曰：「其志潔，故其稱物芳。」《文心雕龍·詮賦》曰：「體物寫志。」余謂志因物見，故《文賦》但言「賦體物」也。

董廣川《士不遇賦》云：「雖矯情而獲百利兮，復不如正心而歸一善。」此即正誼明道之旨。司馬子長《悲士不遇賦》云：「没世無聞，古人唯耻。」此即述往事思來者之情。陶淵明《感士不遇賦》云：「寧固窮以濟意，不委曲而累己。」此即屢空晏如之意。可見古人言必由志也。

《漢書・藝文志》曰：「學詩之士，逸在布衣，而賢人失志之賦作矣。」余案，所謂失志者，在境不在己也。屈子《懷沙》賦云：「離慜而不遷兮，願志之有像。」如此雖謂失志之賦，即勵志之賦可矣。

鄒陽獄中上書，氣盛語壯。禰正平賦鸚鵡於黄祖長子座上，蹙蹙焉有自憐依人之態，於生平志氣得無未稱！

志士之賦，無一語隨人笑歎。故雖或顛倒複沓，糾轇隱晦，而斷非文人才客，求慊人而不求自慊者所能擬效。

《雄雉》之詩「瞻彼日月」兩章，自來賢人失志之賦，不出此意，所謂「行有不得，反求諸己」也。若一涉怨天尤人，豈有是處！

《漢書・藝文志》言賢人失志之賦，有惻隱古詩之意。余謂江湖憂君，廟堂憂民，惻隱不獨失志然也。觀姬公《東山》《七月》可見。

或問：「古人賦之言志者，漢如崔篆之《慰志》、馮衍之《顯志》，魏如劉楨之《遂志》、丁儀之《勵志》，晋如棗據之《表志》、曹攄之《述志》，然則賦以徑言其志爲尚乎？」余謂賦無往而非言志也。必題是志而後其賦爲言志，則志或幾乎息矣。

實事求是，因寄所託，一切文字不外此兩種，在賦則尤缺一不可。若美言不信，玩物喪志，其賦亦不可已乎！

風詩中賦事，往往兼寓比興之意。鍾嶸《詩品》所由竟以寓言寫物爲賦也。賦兼比興，則以言内之實事，寫言外之重旨。故古之君子上下交際，不必有言也，以賦相示而已。不然，賦物必此物，其爲用也幾何！

春有草樹，山有煙霞，皆是造化自然，非設色之可擬。故賦之爲道，重象尤宜重興。興不稱象，雖紛披繁密而生意索然，能無爲識者厭乎？

賦與譜録不同。譜録惟取志物，而無情可言，無采可發，則如數他家之寶，無關己事。以賦體視之，孰爲親切且尊異耶？

賦必有關著自己痛養處。如嵇康敘琴，向秀感笛，豈可與無病呻吟者同語。

在外者物色，在我者生意，二者相摩相盪而賦出焉。若與自家生意無相入處，則物色祇成閒事，志士遑問及乎？

賦欲不朽，全在意勝。《楚辭・招魂》言賦，先之以「結撰至思」，真乃千古篤論。

賦家主意定則群意生。試觀屈子辭中，忌己者如黨人，憫己者如女嬃、靈氛、巫咸，以及漁父別有崇尚，詹尹不置是非，皆由屈子先有主意，是以相形相對者，皆若沓然偕來，拱向注射之耳。

《周南・卷耳》四章，只「嗟我懷人」一句是點明主意，餘者無非做足此句。賦之體約用博，自是開之。

賦兼敘列二法：列者，一左一右，橫義也；敘者，一先一後，豎義也。

司馬長卿論賦云：「一經一緯。」或疑經可言一，緯不可言一，不知乃舉一例百，合百爲一耳。

賦欲縱橫自在，係乎知類。太史公《屈原傳》曰：「舉類邇而見義遠。」《敘傳》又曰：「連類以爭義。」司馬相如《封禪書》曰：「依類託寓。」枚乘《七發》曰：「離辭連類。」皇甫士安敘《三都賦》曰：「觸類而長之。」

張融作《海賦》不道鹽，因顧凱之之言乃益之。姚鉉令夏竦爲《水賦》，限以萬字。竦作三千字，鉉怒，不視，曰：「汝何不於水之前後左右廣言之？」竦益得六千字。可知賦須當有者盡有，更須難有者能有也。

司馬長卿謂「賦家之心，包括宇宙」。成公綏《天地賦序》云：「賦者貴能分賦物理，敷演無方，天地之盛，可以致思矣。」意與長卿宛合。

賦取窮物之變，如山川草木，雖各具本等意態，而隨時異觀，則存乎陰陽晦明風雨也。

賦家之心，其小無内，其大無垠，故能隨其所值，賦像班形，所謂「惟其有之，是以似之」也。

賦以象物，按實肖象易，憑虛構象難。能構象，象乃生生不窮矣。唐釋皎然以「作用」論詩，可移之賦。

賦之妙用，莫過於「設」字訣，看古作家無中生有處可見。如設言值何時、處何地、遇何人之類，未易悉舉。

賦必合數章而後備，故《大言》《小言》兩賦，俱設爲數人之語。準此意，則知賦用一人之語者，亦當以參伍錯綜出之。

賦須曲折盡變。孔穎達謂「言事之道，直陳爲正」，此第明賦之義，非論其勢，勢曲固不害於義直也。

賦取乎麗，而麗非奇不顯，是故賦不厭奇。然往往有以竟體求奇、轉至不奇者，由不知以蓄奇爲洩奇地耳。

譚友夏論詩，謂「一篇之朴，以養一句之靈；一句之靈，能回一篇之朴」。此說每爲談藝者所訶，然徵之於古，未嘗不合。如《秦風·小戎》「言念君子」以下，即以靈回朴也，其上皆以朴養靈也。《豳風·東山》每章之意，俱因收二句而顯，若「敦彼獨宿」以及「其新孔嘉」云云，皆靈也；每二句之前，皆朴也。賦家用此法尤多。至靈能起朴，更可隅反。

賦中駢偶處，語取蔚茂；單行處，語取清瘦。此自宋玉、相如已然。

賦之尚古久矣。古之大要有五：性情古，義古，字古，音節古，筆法古。

古賦難在意創獲而語自然，或但執言之短長、聲之高下求之，猶未免刻舟之見。

古賦調拗而諧，采淡而麗，情隱而顯，勢正而奇。

古賦意密體疏，俗賦體密意疏。俗賦一開口，便有許多後世事迹來相困躓。古賦則越世高談，自開户牖，豈肯屋下蓋屋耶？

賦兼才、學。才，如《漢書·藝文志》論賦曰「感物造端，材智深美」，《北史·魏收傳》曰「會須作賦，始成大才士」；學，如揚雄謂「能讀賦千首，則善爲之」。

以賦視詩，較若紛至沓來，氣猛勢惡。故才弱者往往能爲詩，不能爲賦。積學以廣才，可不豫乎？

賦從貝，欲其言有物也；從武，欲其言有序也。《書》：「具乃貝玉。」《曲禮》：「堂上接武，堂下布武。」意可思矣。

古人稱「不歌而誦謂之賦」。雖賦之卒，往往系之以歌，如《楚辭》「亂曰」「重曰」「少歌曰」「倡曰」之類皆是也。然此乃古樂章之流，使早用於誦之中，則非體矣。大抵歌憑心，誦憑目。方憑目之際，欲歌焉，庸有暇乎？

《楚辭·惜誦》無歌調，《九歌》無誦調。歌、誦之體，於斯可辨。

言《騷》者取幽深，柳子厚謂「參之《離騷》，以致其幽」、蘇老泉謂「騷人之清深」是也。言賦者取顯亮，王文考謂「物以賦顯」、陸士衡謂「賦體物而瀏亮」是也。然二者正須相用，乃見解人。

學《騷》與《風》有難易。《風》出於性靈者爲多，故雖婦人女子無不可與；《騷》則重以脩能，嫻於辭令，非學士大夫不能爲也。賦出於《騷》，言典致博，既異家人之語，故雖宏達之士，未見數數有作，何論隘胸襟、乏聞見者乎！

范椁論李白樂府《遠別離》篇曰：「所貴乎楚言者，斷如復斷，亂如復亂，而詞義反復屈折，行乎其間，實未嘗斷而亂也。」余謂此數語可使學《騷》者得門而入，然又不得執形似以求之。

《騷》調以虛字爲句腰，如之、於、以、其、而、乎、夫是也。腰上一字與句末一字平仄異爲諧調，平仄同爲拗調。如「帝高陽之苗裔兮」，「攝提貞於孟陬兮」，「之」「於」二字爲腰，「陽」「貞」腰上字，「裔」「陬」句末字，「陽」平「裔」仄爲異，「貞」「陬」皆平爲同。《九歌》以「兮」字爲句腰，腰上一字與句末一字，句調諧拗亦準此。如「吉日兮辰良」，「日」仄「良」平；「浴蘭湯兮沐芳」，「湯」「芳」皆平。

賦長於擬效，不如高在本色。屈子之《騷》，不沾沾求似《風》《雅》，故能得《風》

《雅》之精。長卿《大人賦》於屈子《遠游》，未免落擬效之迹。

賦有夷、險二境。讀《楚辭・湘君》《湘夫人》，便覺有逍遥容與之情；讀《招隱士》，便覺有罔沕憭栗之意。

戴安道畫《南都賦》，范宣歎爲有益。知畫中有賦，即可知賦中宜有畫矣。

以精神代色相，以議論當鋪排，賦之别格也。正格當以色相寄精神，以鋪排藏議論耳。

賦蓋有思勝於辭者。荀卿《禮》《智》《雲》《蠶》諸賦，篇雖短，却已想透無遺。陸士衡《文賦》精語絡繹，其曰「非華説之所能精」，命意蓋可見矣。

以老、莊、釋氏之旨入賦，固非古義，然亦有理趣、理障之不同。如孫興公《游天台山賦》云：「騁神變之揮霍，忽出有而入無。」此理趣也。至云：「悟遣有之不盡，覺涉無之有間。泯色空以合跡，忽即有而得玄。釋二名之同出，消一無於三幡。」則落理障甚矣。

賦有以所紀之事實重者，如王無功《游北山賦》，似不過寫其閒適曠達之意，然敘文中子一段，抽出之足爲文獻之徵，乃賦中有關係處也。

揚子雲謂「雕蟲篆刻，壯夫不爲」。然壯夫自有壯夫之賦；不然，則周公、尹吉甫敘事之作，亦不足稱矣。楊德祖《答臨淄侯牋》，先得我心。

賦因人異。如荀卿《雲賦》言雲者如彼，而屈子《雲中君》亦雲也，乃至宋玉《高唐賦》亦雲也；晉楊乂、陸機俱有《雲賦》，其旨又各不同。以賦觀人者，當於此著眼。

詩，持也，此義通之於賦。如陶淵明之《感士不遇》，持己也；李習之之《幽懷》，持世也。

名士之賦，歎老嗟卑；俗士之賦，從諛導侈。以持己、持世之義準之，皆當見斥也。

賦尚才不如尚品。或竭盡雕飾以夸世媚俗，非才有餘，乃品不足也。徐、庾兩家賦所由卒未令人滿志與！況流連般樂者耶！

「升高能賦」，升高雖指身之所處而言，然才識懷抱之當高，即此可見。如陶淵明言「登高賦新詩」，亦有微旨。

或問：「左思《三都賦序》以『升高能賦』爲『頌其所見』，所見或不足賦，奈何？」曰：嚴滄浪謂詩有「別材」「別趣」，余亦謂賦有別眼。別眼之所見，顧可量耶？

皇甫士安《三都賦序》曰：「引而伸之，觸類而長之。」劉彦和《詮賦》曰：「擬諸形容，象其物宜。」余論賦則曰：「仁者見之謂之仁，智者見之謂之智。」

卷四

詞曲概

樂歌，古以詩，近代以詞。如《關雎》《鹿鳴》，皆聲出於言也；詞則言出於聲矣。故詞，聲學也。

《説文》解「詞」字曰：「意内而言外也。」徐鍇《通論》曰：「音内而言外，在音之内，在言之外也。」故知詞也者，言有盡而音、意無窮也。

詞有創調、倚聲，本諸倡和。倡和莫先於虞廷，觀「乃歌曰」以下三句調，即「乃賡載歌」及「又歌」之調所出也。《風》《雅》篇必數章，後章亦多用前調。其或前後小異者，殆猶詞同調之又一體耳。

詞導源於古詩，故亦兼具六義。六義之取，各有所當，不得以一時一境盡之。

樂，中正爲雅，多哇爲鄭。詞，樂章也。雅鄭不辨，更何論焉！

梁武帝《江南弄》，陶弘景《寒夜怨》，陸瓊《飲酒樂》，徐孝穆《長相思》，皆具詞體，而堂廡未大。至太白《菩薩蠻》之繁情促節，《憶秦娥》之長吟遠慕，遂使前此諸家，悉歸環內。

太白《菩薩蠻》《憶秦娥》兩闋，足抵少陵《秋興》八首。想其情境，殆作於明皇西幸後乎？

張志和《漁歌子》「西塞山前白鷺飛」一闋，風流千古。東坡嘗以其成句用入《鷓鴣天》，又用於《浣溪沙》，然其所足成之句，猶未若原詞之妙通造化也。黄山谷亦嘗以其詞增爲《浣溪沙》，且誦之有矜色焉。

太白《菩薩蠻》《憶秦娥》，張志和《漁歌子》，兩家一憂一樂，歸趣難名。或靈均《思美人》《哀郢》，莊叟「濠上」近之耳。

温飛卿詞精妙絶人，然類不出乎綺怨。韋端己、馮正中諸家詞，留連光景，惆悵自憐，蓋亦易飄颺於風雨者。若第論其吐屬之美，又何加焉！

馮延巳詞，晏同叔得其俊，歐陽永叔得其深。

宋子京詞是宋初體，張子野始創瘦硬之體，雖以佳句互相稱美，其實趣尚不同。

王半山詞瘦削雅素，一洗五代舊習。惟未能涉樂必笑，言哀已歎，故深情之士不無間然。

柳耆卿詞，昔人比之杜詩，爲其實説無表德也。余謂此論其體則然，若論其旨，少陵恐不許之。

耆卿詞，細密而妥溜，明白而家常，善於敘事，有過前人。惟綺羅香澤之態，所在多有，故覺風期未上耳。

東坡詞頗似老杜詩。以其無意不可入，無事不可言也。若其豪放之致，則時與太白爲近。

太白《憶秦娥》，聲情悲壯，晚唐、五代，惟趨婉麗，至東坡始能復古。後世論詞者，或轉以東坡爲變調，不知晚唐、五代乃變調也。

東坡《定風波》云：「尚餘孤雪霜姿。」《荷華媚》云：「天然地、别是風流標格。」「雪霜姿」「風流標格」，學坡詞者便可從此領取。

東坡《與鮮于子駿書》云：「近却頗作小詞，雖無柳七郎風味，亦自成一家。」一似欲爲耆卿之詞而不能者。然坡嘗譏秦少游《滿庭芳》詞學柳七句法，則意可知矣。

東坡詞具神仙出世之姿，方外白玉蟾諸家，惜未詣此。

黄山谷詞用意深至，自非小才所能辦。惟故以生字俚語侮弄世俗，若爲金、元曲家濫觴。

少游詞有小晏之妍，其幽趣則過之。梅聖俞《蘇幕遮》云：「落盡梅花春又了，滿地斜陽，翠色和煙老。」此一種似爲少游開先。

秦少游詞得《花間》《尊前》遺韻，却能自出清新。東坡詞雄姿逸氣，高軼古人，且稱少游爲詞手。山谷傾倒於少游《千秋歲》詞「落紅萬點愁如海」之句，至不敢和。要其他詞之妙，似此者豈少哉！

少游《水龍吟》「小樓連苑横空，下窺繡轂雕鞍驟」，東坡譏之云「十三箇字，只説得一箇人騎馬樓前過」，語極解頤。其子湛作《卜算子》云：「極目煙中百尺樓，人在樓中否？」言外無盡，似勝乃翁，未識東坡見之云何。

叔原貴異，方回贍逸，耆卿細貼，少游清遠。四家詞趣各别，惟尚婉則同耳。

東坡詞在當時鮮與同調，不獨秦七、黄九别成兩派也。晁无咎坦易之懷，磊落之氣，差堪驂靳，然懸崖撒手處，无咎莫能追躡矣。

无咎詞堂廡頗大。人知辛稼軒《摸魚兒》「更能消幾番風雨」一闋，爲後來名家所競效，其實辛詞所本，即无咎《摸魚兒》「買陂塘旋栽楊柳」之波瀾也。

周美成詞，或稱其無美不備。余謂論詞莫先於品。美成詞信富豔精工，只是當不得箇「貞」字。是以士大夫不肯學之，學之則不知終日意縈何處矣。

周美成律最精審，史邦卿句最警鍊。然未得爲君子之詞者，周旨蕩而史意貪也。

辛稼軒風節建豎，卓絶一時，惜每有成功，輒爲議者所沮。觀其《踏莎行·和趙興國》有云：「吾道悠悠，憂心悄悄。」其志與遇概可知矣。《宋史》本傳稱其「雅善長短句，悲壯激烈」，又稱「謝校勘過其墓旁，有疾聲大呼於堂上，若鳴其不平」，然則其長短句之作，固莫非假之鳴者哉？

稼軒詞龍騰虎擲，任古書中理語、廋語，一經運用，便得風流，天姿是何夐異！

蘇、辛皆至情至性人，故其詞瀟灑卓犖，悉出於温柔敦厚。世或以粗獷託蘇、辛，固宜有視蘇、辛爲别調者哉！

張玉田盛稱白石，而不甚許稼軒，耳食者遂於兩家有軒輊意。不知稼軒之體，白石嘗效之矣。集中如《永遇樂》《漢宮春》諸闋，均次稼軒韻，其吐屬氣味，皆若祕響相通，何後人過分門户耶?

白石才子之詞,稼軒豪傑之詞。才子、豪傑,各從其類愛之,强論得失,皆偏辭也。姜白石詞幽韻冷香,令人挹之無盡。擬諸形容,在樂則琴,在花則梅也。詞家稱白石曰「白石老仙」。或問畢竟與何仙相似,曰藐姑冰雪蓋爲近。

陳同甫與稼軒爲友,其人才相若,詞亦相似。同甫《賀新郎·寄幼安見懷韻》云:「樹猶如此堪重别。只使君,從來與我,話頭多合。行矣置之無足問,誰换妍皮癡骨!但莫使伯牙絃絶。」其《酬幼安再用韻見寄》云:「斬新换出旌麾别。把當時,一椿大義,拆開收合。據地一呼吾往矣,萬里摇肢動骨。這話欛只成癡絶。」《懷幼安用前韻》云:「男兒何用傷離别。况古來,幾番際會,風從雲合。千里情親長晤對,妙體本心次骨。卧百尺高樓斗絶」觀此則兩公之氣誼懷抱,俱可知矣。同甫《水龍吟》云:「恨芳菲世界,游人未賞,都付與,鶯和燕。」言近指遠,直有宗留守大呼渡河之意。

陸放翁詞,安雅清贍,其尤佳者在蘇、秦閒。然乏超然之致、天然之韻,是以人得測其所至。

劉改之詞，狂逸之中自饒俊致，雖沈著不及稼軒，足以自成一家。其有意效稼軒體者，如《沁園春》「斗酒彘肩」等闋，又當別論。

高竹屋詞，争驅白石，然嫌多綺語。如《御街行》之詠轎，其設想之細膩曲折，何爲也哉！詠簾亦然。劉改之《沁園春》詠美人指甲、美人足二闋，以褻體爲世所共譏，然病在標者猶易治也。

劉後村詞，旨正而語有致。真西山《文章正宗》詩歌一門屬後村編類，且約以世教民彝爲主，知必心重其人也。後村《賀新郎·席上聞歌有感》云：「粗識《國風·關雎》亂，羞學流鶯百囀，總不涉閨情春怨。」又云：「我有生平《離鸞操》，頗哀而不愠微而婉。」意殆自寓其詞品耶？

蔣竹山詞，未極流動自然，然洗鍊縝密，語多創獲。其志視梅溪較貞，其思視夢窗較清。劉文房爲五言長城，竹山其亦長短句之長城與！

張玉田詞，清遠蘊藉，悽愴纏綿，大段瓣香白石，亦未嘗不轉益多師，即《探芳信》之次韻草窗、《瑣窗寒》之悼碧山、《西子妝》之效夢窗可見。

評玉田詞者，謂當與白石老仙相鼓吹。玉田作《瑣窗寒》悼王碧山，序謂碧山其詞閑雅，有姜白石意。今觀張、王兩家，情韻極爲相近，如玉田《高陽臺》之「接葉巢鶯」，與碧山《高陽臺》之「淺萼梅酸」，尤同鼻息。

文文山詞有「風雨如晦，雞鳴不已」之意，不知者以爲變聲，其實乃變之正也。故詞當合其人之境地以觀之。

北宋詞用密亦疏，用隱亦亮，用沈亦快，用細亦闊，用精亦渾；南宋只是掉轉過來。

南宋詞近耆卿者多，近少游者少，少游疏而耆卿密也。

詞品喻諸詩，東坡、稼軒，李、杜也；耆卿，香山也；夢窗，義山也；白石、玉田，大曆十子也。其有似韋蘇州者，張子野當之。

金元遺山詩兼杜、韓、蘇、黄之勝，儼有集大成之意。以詞而論，疏快之中自饒深婉，亦可謂集兩宋之大成者矣。

東坡謂陶淵明詩「臞而實腴，質而實綺」。余謂元劉静候修之詞亦然。

蘇、辛詞似魏玄成之嫵媚，劉静修詞似邵康節之風流，倘泛泛然以横放瘦澹名之，過矣。

虞伯生、薩天錫兩家詞，皆兼擅蘇、秦之勝。張仲舉詞大抵導源白石，時或以稼軒濟之。

詞之章法，不外相摩相盪，如奇正、空實、抑揚、開合、工易、寬緊之類是已。

詞中承接轉換，大抵不外紆徐斗健，交相爲用。所貴融會章法，按脈理節拍而出之。

元陸輔之《詞旨》云：「對句好可得，起句好難得，收拾全藉出場。」此蓋尤重起句也。余謂起、收、對三者皆不可忽。大抵起句非漸引即頓入，其妙在筆未到而氣已吞；收句非繞回即宕開，其妙在言雖止而意無盡；對句非四字六字即五字七字，其妙在不類於賦與詩。

詞有過變，隱本於詩。《宋書·謝靈運傳論》云：「前有浮聲，則後須切響。」蓋言詩當前後變化也。而變調換頭之消息，即此已寓。

「升歌笙入，閒歌合樂」，《楚辭·招魂》所謂「四上競氣」也。詞之過變處，節次淺深，準此辨之。

詞或前景後情，或前情後景，或情景齊到，相間相融，各有其妙。

一轉一深，一深一妙，此騷人三昧。倚聲家得之，便自超出常境。

空中蕩漾，最是詞家妙訣。上意本可接入下意，却偏不入，而於其閒傳神寫照，乃愈使下意栩栩欲動，《楚辭》所謂「君不行兮夷猶，蹇誰留兮中洲」也。

詞要放得開，最忌步步相連；又要收得回，最忌行行愈遠。必如天上人閒，去來無迹，斯爲入妙。

小令難得變化，長調難得融貫。其實變化融貫，在在相須，不以長短別也。

詞以鍊章法爲隱，鍊字句爲秀。秀而不隱，是猶百琲明珠而無一綫穿也。

鍊字，數字爲鍊，一字亦爲鍊；句則合句首、句中、句尾以見意，多者三四層，少亦不下兩層。詞家或遂謂字易而句難，不知鍊句固取相足相形，鍊字亦須遥管遥應也。

玉田謂「詞與詩不同，合用虛字呼喚」。余謂用虛字正樂家歌詩之法也。朱子云：「古樂府祇是詩中閒却添出許多汎聲，後人怕失了那汎聲，逐一聲添箇實字，遂成長短句。今曲子便是。」案，朱子所謂實字，謂實有箇字，雖虛字亦是有也。

詞之好處，有在句中者，有在句之前、後際者。陳去非《虞美人》：「吟詩日日待春風，乃至桃花開後却匆匆。」此好在句中者也。《臨江仙》：「杏花疏影裏，吹笛到天明。」此因仰承「憶昔」，俯注「一夢」，故此二句不覺豪酣轉成悵悒，所謂好在句外者也。

儻謂現在如此，則騃甚矣。

賀方回《青玉案》詞收四句云：「試問閒愁都幾許？一川煙草，滿城風絮，梅子黄時雨。」其末句好處，全在「試問」句呼起，及與上「一川」二句并用耳。或以方回有「賀梅子」之稱，專賞此句，誤矣。且此句原本寇萊公「梅子黄時雨如霧」詩句，然則何不目萊公爲「寇梅子」耶？

詞之妙全在襯跌。如文文山《滿江紅·和王夫人》云：「世態便如翻覆雨，妾身元是分明月。」《酹江月·和友人驛中言别》云：「鏡裏朱顔都變盡，只有丹心難滅。」每二句，若非上句，則下句之聲情不出矣。

「詞眼」二字，見陸輔之《詞旨》。其實輔之所謂「眼」者，仍不過某字工、某句警耳。余謂眼乃神光所聚，故有通體之眼，有數句之眼，前前後後，無不待眼光照映。若舍章法而專求字句，縱争奇競巧，豈能開闔變化，一動萬隨耶？

詞家用韻，在先觀其韻之通、别。别者必不可通，通者仍須知别。如「江」之於「陽」，「真」之於「庚」，古韻既别，雖今吻相通，要不得而通也；「東」「冬」於「江」，「歌」於「麻」，古韻雖通，然今吻既别，便不可以無别也。至一韻之中，如十三元韻，今吻讀之，其音約分三類，亦當擇而取之。餘韻準此。

詞中平仄，體有一定。古人或有平作仄、仄作平者，必合句上、句下、句内之字，權其律之所宜，互爲更換，斯得如銅山靈鐘，東西相應。故效古者，當專效一體，不可挹彼注兹，致譏聲病。

平聲可爲上、入，語本張玉田《詞源》，則平、去之不可相代審矣。然平可代以上、入，而上、入或轉有不可互代者。玉王稱其父寄閒老人《瑞鶴仙》詞「粉蝶兒撲定花心不去，閒了尋香兩翅」，「撲」字不協，遂改爲「守」字，此於聲音之道，不其嚴乎？

上、入雖可代平，然亦有必不可代之處。使以宛轉遷就之聲，亂一定不易之律，則代之一說，轉以不知爲愈矣。

「上、去不宜相替」，宋沈伯時義甫之説也。「去聲當高唱，上聲當低唱」，明沈璟詞隱之説也。兩説爲後人論詞者所本，爰爲表而出之。

詞家既審平仄，當辨聲之陰陽，又當辨收音之口法。取聲取音，以能協爲尚。玉田稱其父《惜花春·起早》詞「瑣窗深」句，「深」字不協，改爲「幽」字，又不協，再改爲「明」字，始協。此非審於陰陽者乎？又「深」爲閉口音，「幽」爲斂唇音，「明」爲穿鼻音，消息亦別。

古人原詞用入聲韻，效其詞者仍宜用入，音節乃峭，如太白《憶秦娥》之類是已。

詞家辨句兼辨讀。讀在句中，如《楚辭・九歌》每句中間皆有「兮」字，「兮」者無辭而有聲，即其讀也。更以古樂府觀之，篇終有聲，如《臨高臺》之「收中吾」是也；句下有聲，如《有所思》之「妃呼豨」是也。何獨於句中之聲而疑之？

詞句中用雙聲疊韻之字，自兩字之外，不可多用。惟犯疊韻者少，犯雙聲者多，蓋同一雙聲，而開口、齊齒、合口、撮口，呼法不同，便易忘其爲雙聲也。解人正須於不同而同者，去其隱疾。且不惟雙聲也，凡喉、舌、齒、牙、唇五音，俱忌單從一音連下多字。

十二律與後世各宮調異名而同實。如在黃鍾則正黃鍾爲宮，大石調爲商，以至般涉調爲羽；在大吕則高宮爲宮，高大石調爲商，高般涉調爲羽。《詞源》所列，既明且備矣。

詞固必期合律，然《雅》《頌》合律，桑閒濮上亦未嘗不合律也。「律和聲」本於「詩言志」，可爲專講律者進一格焉。

昔人詞詠古詠物，隱然只是詠懷，蓋其中有我在也。然人亦孰不有我，惟「耿吾得此中正」者尚耳。

詞深於興，則覺事異而情同，事淺而情深。故没要緊語正是極要緊語，亂道語正是極不亂道語。固知「吹皺一池春水，干卿甚事」，原是戲言。

鄰人之笛，懷舊者感之；斜谷之鈴，溺愛者悲之。東坡《水龍吟·和章質夫詠楊花》云「細看來不是楊花，點點是離人淚」，亦同此意。

東坡《水龍吟》起云「似花還似非花」，此句可作全詞評語，蓋不離不即也。時有舉史梅溪《雙雙燕·詠燕》、姜白石《齊天樂·賦蟋蟀》令作評語者，亦曰「似花還似非花」。

詞中用事，貴無事障。晦也，膚也，多也，板也，此類皆障也。姜白石詞用事入妙，其要訣所在，可於其《詩説》見之，曰：「僻事實用，熟事虛用。」「學有餘而約以用之，善用事者也。乍敘事而閒以理言，得活法者也。」

詞有點，有染。柳耆卿《雨淋鈴》云：「多情自古傷離别，更那堪、冷落清秋節。今宵酒醒何處？楊柳岸曉風殘月。」上二句點出離别冷落，「今宵」二句乃就上二句意染之。點、染之閒，不得有他語相隔，隔則警句亦成死灰矣。

詞有尚風，有尚骨。歐公《朝中措》云：「手種堂前楊柳，别來幾度春風。」東坡《雨中花慢》云：「高會聊追短景，清商不假餘妍。」孰風孰骨可辨。

王敬美論詩云：「河下輿隸須驅遣，另换正身。」胡明仲稱眉山蘇氏詞「一洗綺羅香澤之態，擺脱綢繆宛轉之度，使人登高望遠，舉首高歌，而逸懷浩氣，超乎塵埃之表。」此殆所謂正身者耶？

詩有西江、西崑兩派，惟詞亦然。戴石屏《望江南》云：「誰解學西崑！」是學西江派人語，吴夢窗一流當不喜聞。

詞之爲物，色、香、味宜無所不具。以色論之，有借色，有真色。借色每爲俗情所豔，不知必先將借色洗盡，而後真色見也。

昔人論詞要如嬌女步春。余謂更當有以益之，曰：如異軍特起，如天際真人。

詞尚清空妥溜，昔人已言之矣。惟須妥溜中有奇創，清空中有沈厚，纔見本領。

詞要恰好，粗不得，纖不得，硬不得，軟不得。不然，非傖父即兒女矣。

黄魯直跋東坡《卜算子》「缺月挂疏桐」一闋云：「語意高妙，似非喫煙火食人語，非胸中有萬卷書、筆下無一點塵俗氣，孰能至此！」余案，詞之大要，不外厚而清。厚，包諸所有；清，空諸所有也。

詞澹語要有味，壯語要有韻，秀語要有骨。

詞要清新，切忌拾古人牙慧。蓋在古人爲清新者，襲之即腐爛也。拾得珠玉，化爲灰塵，豈不重可鄙笑！

描頭畫角，是詞之低品。蓋詞有全體，宜無失其全；詞有内藴，宜無失其藴。

詞之妙，莫妙於以不言言之。非不言也，寄言也。如寄深於淺，寄厚於輕，寄勁於婉，寄直於曲，寄實於虛，寄正於餘，皆是。

詞以不犯本位爲高。東坡《滿庭芳》「老去君恩未報，空回首、彈鋏悲歌」，語誠慷慨，然不若《水調歌頭》「我欲乘風歸去，又恐瓊樓玉宇，高處不勝寒」，尤覺空靈藴藉。

司空表聖云：「梅止於酸，鹽止於鹹，而美在酸鹹之外。」嚴滄浪云：「妙處透徹玲瓏，不可湊泊，如水中之月、鏡中之象。」此皆論詩也，詞亦以得此境爲超詣。

玉田論詞曰：「蓮子熟時花自落。」余更益以太白詩二句，曰：「清水出芙蓉，天然去雕飾。」

古樂府中至語，本只是常語，一經道出，便成獨得。詞得此意，則極鍊如不鍊，出色而本色，人籟悉歸天籟矣。

詞中句與字，有似觸著者，所謂極鍊如不鍊也。晏元獻「無可奈何花落去」二句，觸著之句也；宋景文「紅杏枝頭春意鬧」，「鬧」字觸著之字也。

詞貴得本地風光，張子野游垂虹亭，作《定風波》有云：「見説賢人聚吴分，試問，也應傍有老人星。」是時子野年八十五，而坐客皆一時名人，意確切而語自然，洵非易到。

詩放情曰歌，悲如蛩螿曰吟，通乎俚俗曰謡，載始末曰引，委曲盡情曰曲。詞腔遇此等名，當於詩義溯之。又如腔名中有喜、怨、憶、惜等字，亦以還他本意爲合。

詞莫要於有關係。張元幹仲宗因胡邦衡謫新州，作《賀新郎》送之，坐是除名，然身雖黜而義不可没也。張孝祥安國於建康留守席上賦《六州歌頭》，致感重臣罷席。然則詞之興觀群怨，豈下於詩哉！

詞尚風流儒雅。以塵言爲儒雅，以綺語爲風流，此風流儒雅之所以亡也。綺語有顯有微。依花附草之態，略講詞品者亦知避之，然或不著相而染神，病尤甚矣。

「没些兒嫛姍勃窣，也不是崢嶸突兀，管做徹元分人物」，此陳同甫《三部樂》詞也。余欲借其語以判詞品。詞以「元分人物」爲最上，「崢嶸突兀」猶不失爲奇傑，「嫛姍勃窣」即淪於側媚矣。

詞有陰陽，陰者采而匿，陽者疏而亮。本此以等諸家之詞，莫之能外。

桓大司馬之聲雌，以故不如劉越石。豈惟聲有雌雄哉？意趣、氣味皆有之。品詞者辨此，亦可因詞以得其人矣。

齊、梁小賦，唐末小詩，五代小詞，雖小却好，雖好却小，蓋所謂「兒女情多，風雲氣少」也。

耆卿《兩同心》云：「酒戀花迷，役損詞客。」余謂此等只可名迷戀花酒之人，不足以稱詞客，詞客當有雅量高致者也。或曰：「不聞『花間』『尊前』之名集乎？」曰：使兩集中人可作，正欲以此質之。

詞家先要辨得情字。《詩序》言「發乎情」，《文賦》言「詩緣情」，所貴於情者，爲得其正也。忠臣孝子、義夫節婦，皆世間極有情之人。流俗誤以欲爲情，欲長情消，患在世道。倚聲一事，其小焉者也。

詞進而人亦進，其詞可爲也；詞進而人退，其詞不可爲也。詞家彀到名教之中自有樂地，儒雅之内自有風流，斯不患其人之退也夫！

曲之名古矣。近世所謂曲者，乃金、元之北曲，及後復溢爲南曲者也。未有曲時，詞即是曲；既有曲時，曲可悟詞。苟曲理未明，詞亦恐難獨善矣。

詞如詩，曲如賦。賦可補詩之不足者也。昔人謂金、元所用之樂，嘈雜淒緊緩急之閒，詞不能按，乃更爲新聲，是曲亦可補詞之不足也。

南北成套之曲，遠本古樂府，近本詞之過變。遠如漢《焦仲卿妻詩》，敘述備首尾，情事言狀，無一不肖。梁《木蘭辭》亦然。近如詞之三疊、四疊，有《戚氏》《鶯啼序》之類。曲之套數，殆即本此意法而廣之。所别者，不過次第其牌名以爲記目耳。

樂曲一句爲一解，一章爲一解，并見《古今樂録》。王僧虔啟云：「古曰章，今曰解。」余案，以後世之曲言之，小令及套數中牌名，無非章、解遺意。

洪容齋論唐詩戲語，引杜牧「公道世閒惟白髮，貴人頭上不曾饒」，高駢「依稀似曲纔堪聽，又被吹將别調中」，羅隱「自家飛絮猶無定，争解垂絲絆路人」。余謂觀此則南北劇中之本色當家處，古人早透消息矣。

《魏書·胡叟傳》云：「既善爲典雅之詞，又工爲鄙俗之句。」余變换其義以論曲，以爲其妙在借俗寫雅，面子疑於放倒，骨子彌復認真。雖半莊半諧，不皆典要，何必非《莊子》所謂「直寄焉以爲不知己者詬厲」耶？

王元美云：「詞不快北耳而後有北曲，北曲不諧南耳而後有南曲。」何元朗云：「北字多而調促，促處見筋；南字少而調緩，緩處見眼。」二説其實一也，蓋促故快，緩故諧耳。

元張小山、喬夢符爲曲家翹楚，李中麓謂猶唐之李、杜。《太和正音譜》評小山詞「如披太華之天風，招蓬萊之海月」。中麓作《夢符詞序》稱「評其詞者，以爲若天吳跨神鼇，噀沫於大洋，波濤洶湧，有截斷衆流之勢」。案，小山極長於小令。夢符雖頗作雜劇、散套，亦以小令爲最長。兩家固同一騷雅，不落俳語，惟張尤翛然獨遠耳。

曲以破有、破空爲至上之品。中麓謂小山詞「瘦至骨立，血肉銷化俱盡，乃鍊成萬轉金鐵軀」，破有也；又嘗謂其「句高而情更款」，破空也。

北曲名家，不可勝舉，如白仁甫、貫酸齋、馬東籬、王和卿、關漢卿、張小山、喬夢符、鄭德輝、宮大用，其尤著也。諸家雖未開南曲之體，然南曲正當得其神味。觀彼所製，圓溜瀟灑，纏綿蘊藉，於此事固若有別材也。

《太和正音譜》諸評，約之只清深、豪曠、婉麗三品。清深如吴仁卿之「山間明月」也，豪曠如貫酸齋之「天馬脱羈」也，婉麗如湯舜民之「錦屏春風」也。

北曲六宫十一調，各具聲情，元周德清氏已傳品藻。六宫曰：「仙吕清新綿邈，南吕感歎傷悲，中吕高下閃賺，黄鍾富貴纏綿，正宫惆悵雄壯，道宫飄逸清幽。」十一調曰：「大石風流蘊藉，小石旖旎嫵媚，高平條暢滉漾，般涉拾掇坑塹，歇指急併虚歇，商角悲傷宛轉，雙調健捷激裊，商調悽愴怨慕，角調嗚咽悠揚，宫調典雅沈重，越調陶寫冷笑。」製曲者每用一宫一調，俱宜與其神理吻合。南曲之九宫十三調，可準是推矣。

曲有借宫，然但有例借而無意借。既須考得某宫調中可借某牌名，更須考得部位宜置何處，乃得節律有常，而無破裂之病。

曲套中牌名，有名同而體異者，有體同而名異者。名同體異，以其宫異也；體同名異，亦以其宫異也。輕重雄婉之宜，當各由其宫體貼出之。

牌名亦各具神理。昔人論歌曲之善，謂《玉芙蓉》《玉交枝》《玉山供》《不是路》要馳騁，《針綫箱》《黄鶯兒》《江頭金桂》要規矩，《二郎神》《集賢賓》《月兒高》《念奴嬌》

《本序》《刷子序》要抑揚，蓋若已兼爲製曲言矣。

曲莫要於依格。同一宮調，而古來作者甚多，既選定一人之格，則牌名之先後，句之長短，韻之多寡、平仄，當盡用此人之格，未有可以張冠李戴、斷鶴續鳧者也。

曲所以最患失調者，一字失調，則一句失調矣，一牌、一宮俱失調矣。乃知王伯良之《曲律》，李元玉之《北詞廣正譜》，原非好爲苛論。

姜白石製詞，自記拍於字旁。張玉田《詞源》詳十二律諸記，足爲注脚，蓋即應律之工尺也。《遼史・樂志》云：「大樂其聲凡十：五、凡、工、尺、上、一、四、六、勾、合。」樂家既視《遼志》爲故常，當不疑姜記爲奇秘矣。

曲辨平仄，兼辨仄之上、去。蓋曲家以去爲送音，以上爲頓音，送高而頓低也。辨上、去，尤以煞尾句爲重，煞尾句尤以末一字爲重。

玉田《詞源》最重結聲，蓋十二宮所住之字不同者，必不容相犯也。此雖以六、凡、工、尺、上、一、四、勾、合、五言之，而平、上、去可推矣。

北曲楔子先於隻曲，南曲引子先於正曲。語意既忌占實，又忌落空；既怕罣漏，又怕夾雜：此爲大要。

曲一宫之内，無論牌名幾何，其篇法不出始、中、終三停。始要含蓄有度，中要縱横盡變，終要優游不竭。

「纍纍乎端如貫珠」，歌法以之，蓋取分明而聯絡也。曲之章法所尚，亦不外此。

曲句有當奇，有當偶。當奇而偶，當偶而奇，皆由昧於句讀、韻脚及襯字以致誤耳。曲於句中多用襯字，固嫌喧客奪主，然亦有自昔相傳用襯字處，不用則反不靈活者。

曲止小令、雜劇、套數三種。小令、套數不用代字訣，雜劇全是代字訣。不代者品欲高，代者才欲富。此亦如「詩言志」「賦體物」之别也。又套數視雜劇尤宜貫串，以雜劇可借白爲聯絡耳。

曲家高手，往往尤重小令。蓋小令一闋中，要具事之首尾，又要言外有餘味，所以爲難。不似套數，可以任我鋪排也。

辨小令之當行與否，尤在辨其務頭。蓋腔之高低，節之遲速，此爲關鎖。故但看其務頭深穩瀏亮者，必作家也。俗手不問本調務頭在何句何字，只管平塌填去，關鎖之地既差，全闋爲之減色矣。

曲以六部收聲：東、冬、江、陽、庚、青、蒸七韻穿鼻收，支、微、齊、佳、灰五韻展輔收，魚、虞、蕭、肴、豪、尤六韻斂唇收，真、文、元、寒、删、先六韻舐齶收，歌、麻二韻直喉收，侵、覃、鹽、咸四韻閉口收。六部既明，又須審其高下疾徐，歡愉悲戚，某韻畢竟是何神理，庶度曲時情韻不相乖謬。

詩韻有入聲者，東、冬、江、真、文、元、寒、删、先、陽、庚、青、蒸、侵、覃、鹽、咸是也。北曲韻俱無入聲。詩韻無入聲者，支、微、魚、虞、齊、佳、灰、蕭、肴、豪、歌、麻、尤是也。北曲韻即以東、冬至鹽、咸各韻入聲，配隸支、微等韻之平、上、去三聲。如屋本東之入聲，沃本冬之入聲，曲俱隸魚模上聲。以及覺本江入，曲隸蕭豪上；質，真入，曲齊微上；物，文入，曲魚模去；月，元入，曲車遮去；曷，寒入，曲歌戈平；黠，删入，曲家麻平；屑，先入，曲車遮上；藥，陽入，曲蕭豪去；陌，庚入，曲皆來去；錫，青入，職，蒸入，緝，侵入，曲俱齊微上；合，覃入，曲歌戈平；葉，鹽入，曲車遮去；洽，咸入，曲家麻平。是其概已。

平仄互叶，詞先於曲，如《西江月》《醜奴兒慢》《少年心》《换巢鸞鳳》《戚氏》是也。又《鼓笛令》《撥棹子》《蝶戀花》《漁家傲》《惜奴嬌》《大聖樂》，亦俱有互叶之一體。

然詞止以上、去叶平，非若北曲以入與三聲互叶也。

入聲配隸三聲，《中原音韻》自一東鐘至十九廉纖皆是也。然曲中用入作平之字，可有而不可多，多則習氣太重，且難高唱矣。

昔人言正清、次清之入聲，北音俱作上聲；次濁作去，正濁作平。此特舉其大略而已。檢《中原》韻部，入作上者，雖皆清聲，要其清聲之作去者，不下十之三四，作平者亦十之二三，焉得不别而識之！

北曲用《中原音韻》，南曲用《洪武正韻》，明人有其説矣。然南曲祇可從《正韻》分平、上、去之部。不可用其入聲爲韻脚。案，《正韻》二十二韻，入聲凡十。自東之入屋，以至鹽之入葉，其入聲徑讀入聲，三聲皆不能與之相叶；即句中各字於《中原》之入作平者，并以勿用爲妥。蓋南曲本脱胎於北，亦須無使北人棘口也。

曲家之所謂陰聲，即等韻家之所謂清聲；曲家之所謂陽聲，即等韻家之所謂濁聲。自《切韻指掌》《切韻指南》《四聲等子》於三十六字母已標清濁，明陳藎謨獻可之《轉音經緯》，尤明白易曉，是以沈君徵《度曲須知》列入之。《轉音經緯》見、端、知、幫、非、精、影、照八母爲純清，溪、透、徹、滂、敷、曉、清、心、穿、審十母次清，群、定、澄、并、奉、匣、從、邪、牀、禪十母純濁，疑、泥、孃、明、微、喻、來、日八母次濁，總無所謂半清、半濁、不清、不濁者，故可尚也。曲韻自《中原音韻》始分陰、陽平，明范善溱《中州全韻》始分陰、陽去，後人又分陰、陽上，且於入聲之作平、上、去者，均以陰、陽分之，其實陰陽之説未興，清濁之名早立矣。

曲辨聲、音，音之難知過於聲。聲不過如平仄、頓送、陰陽而已，音則有出字、收音、圓音、尖音之别，其理頗微，未易悉言。姑舉其概曰：蕭出西，江出幾，尤出移，魚收于，模收嗚，齊收噫，麻收哀巴切之音，圓如其、孝，尖如齊、笑。

《度曲須知》謂字之頭、腹、尾音與切字之理相通，切法即唱法。余以爲唱法所用，乃係合聲。合聲者，切法之尤精者也。切字上一字爲母，辨聲之清濁，不論口法開合，合聲則兼辨開合矣。切字下一字爲韻，辨口法開合，不論聲之清濁，合聲則兼辨清濁矣。且合聲法收聲不出影、喻二母，如哀、噫、嗚、于皆是。

事莫貴於真知。周挺齋不階古昔，撰《中原音韻》，永爲曲韻之祖；明嘉、隆間江西魏良輔創水磨調，始行於婁東，後遂號爲崑腔，真知故也。余謂曲可不度，而聲音之道不可不知。鄭漁仲《七音略序》云：「釋氏以參禪爲大悟，以通音爲小悟。」夫小悟亦豈易言哉！

張平子始言度曲，《西京賦》所謂「度曲未終，雲起雪飛」是也。製曲者體此二語，則於曲中揚抑之道思過半矣。

王元美評曲，謂「北筋在絃，南力在板」，可知元美時絃索之律，猶有存者。後此則知有板而已。然板存即是絃存，沈君徵論板之正贈，通於彈拍，近之。

《樂記》言「聲歌各有宜」，歸於「直己而陳德」。可知歌無今古，皆取以正聲感人。故曲之無益風化、無關勸戒者，君子不爲也。

《堯典》末鄭注云：「歌所以長言詩之意，聲之曲折，又長言而爲之，聲中律乃爲和。」《周禮·樂師》鄭注云：「所爲合聲，亦等其曲折，使應節奏。」余謂曲之名義，大抵即曲折之意。《漢書·藝文志》《河南周歌聲曲折》七篇，《周謠歌詩曲折》七十五篇，殆此類耶？

詞曲本不相離，惟詞以文言，曲以聲言耳。詞，辭通。《左傳》襄二十九年，杜《注》云：「此皆各依其本國歌所常用聲曲。」《正義》云：「其所作文辭，皆準其樂音，令宮商相和，使成歌曲。」是辭屬文，曲屬聲，明甚。古樂府有曰辭者，有曰曲者，其實辭即曲之辭，曲即辭之曲也。襄二十九年《正義》又云：「聲隨辭變，曲盡更歌。」此可爲詞、曲合一之證。

卷五

書概

聖人作《易》，立象以盡意。意，先天，書之本也；象，後天，書之用也。

與天爲徒，與古爲徒，皆學書者所有事也。天，當觀於其章；古，當觀於其變。

周篆委備，如《石鼓》是也。秦篆簡直，如《嶧山》《琅邪臺》等碑是也。其辨可譬之麻冕與純焉。

李斯作《倉頡篇》，趙高作《爰歷篇》，胡母敬作《博學篇》，皆爲小篆。而高、敬之書迄無所存，然安知不即雜於世所傳之小篆中耶？衛恒《書勢》稱李斯篆，并言「漢建初中，扶風曹喜少異於斯，而亦稱善」，是喜固偉然足自立者。後世乃傳有喜所書之《大風歌》，書體甚非古雅，不問而知爲僞物矣。

玉筯之名，僅可加於小篆，舒元輿謂「秦丞相斯變倉頡籀文爲玉筯篆」是也。顧論其别，則頡、籀不可爲玉筯；論其通，則分、真、行、草，亦未嘗無玉筯之意存焉。

玉筯在前，懸針在後。自有懸針，而波、磔、鈎、挑由是起矣。懸針作於曹喜，然籀文却已豫透其法。

孫過庭《書譜》云：「篆尚婉而通。」余謂此須婉而愈勁，通而愈節乃可。不然，恐涉於描字也。

篆書要如龍騰鳳翥，觀昌黎歌《石鼓》可知。或但取整齊而無變化，則槧人優爲之矣。

篆之所尚，莫過於筋，然筋患其弛，亦患其急。欲去兩病，趣筆自有訣也。

魏初邯鄲生傳古文，同時惟衛覬亦善之，餘無聞焉。蓋古文有字學，有書法，必取相兼，是以難也。雖三代遺器款識，後世亦多有從事者，然但務識字，已矜絶學。使古人復作，其遂饜志也耶？

款識之學，始興於北宋。歐公《集古録》稱劉原父博學好古，能讀古人銘識，考知其人事蹟，每有所得，必摹其文以見遺。今觀《毛伯郭》《龔伯彝》《叔高父煮簋》《伯庶父敦》諸銘，載《録》中者皆是也。時太常博士楊南仲亦能讀古文篆籀，原父釋《韓城鼎銘》，公謂與南仲所寫時有不同，蓋雖未判兩家孰是，而古文之難讀見矣。鄭漁仲《金石略》，自晋姜鼎迄軹家釜，列三代器名二百三十有七，可不謂多乎？然如未詳其辭何。

古文字少，故有無偏旁而當有偏旁者，有語本兩字而書作一字者。自大小篆興，孶乳益多，則無事此矣。然大輅之中，椎輪之質固在。

隸與八分之先後同異，辨而愈晦，其失皆坐狹隸而寬分。夫隸體有古於八分者，故秦權上字爲隸；有不及八分之古者，故鍾、王正書亦爲隸。蓋隸其通名，而八分統矣。稱錘可謂之鐵，鐵不可謂之稱錘。從事隸與八分者，盍先審此！

八分書「分」字，有分數之分，如《書苑》所引蔡文姬論八分之言是也；有分别之分，如《説文》之解「八」字是也。自來論八分者，不能外此兩意。

《書苑》引蔡文姬言：「割程隸字八分取二分，割李篆字二分取八分，於是爲八分書。」此蓋以「分」字作分數解也。然信如割取之説，雖使八分隸二分篆，其體猶古於他隸，況篆八隸二，不儼然篆矣乎？是可知言之不出於文姬矣。

凡隸體中皆暗包篆體，欲以分數論分者，當先問程隸是幾分書。雖程隸世已無傳，然以漢隸逆推之，當必不如《閣帖》中所謂程邈書直是正書也。

王愔云：「次仲始以古書方廣少波勢，建初中以隸草作楷法，字方八分，言有模楷。」吾丘衍《學古編》云：「八分者，漢隸之未有挑法者也。比秦隸則易識，比漢隸則微似篆，若用篆筆作漢隸字，即得之矣。」波勢與篆筆，兩意難合。洪氏《隸釋》言：「漢字有八分有隸，其學中絶，不可分别。」非中絶也，漢人本無成説也。

王愔所謂「字方八分」者，蓋字比於八之分也。《説文》：「八，别也。象分别相背之形。」此雖非爲八分言之，而八分之意法具矣。

《開通褒斜道石刻》，隸之古也；《祀三公山碑》，篆之變也。《延光殘碑》《夏承碑》《吴天發神讖碑》差可附於八分篆二分隸之説，然必以此等爲八分，則八分少矣。或曰《鴻都石經》乃八分體也。

以參合篆體爲八分，此後人亢而上之之言也。以有波勢爲八分，覺於始制八分情事差近。

由大篆而小篆，由小篆而隸，皆是寖趨簡捷，獨隸之於八分不然。蕭子良謂「王次仲飾隸爲八分」，「飾」字有整飭矜嚴之意。

衛恒《書勢》言「隸書者篆之捷」，即繼之曰：「上谷王次仲始作楷法。」楷法實即八分，而初未明言。直至敘梁鵠弟子毛宏，始云：「今八分皆宏法。」可知前此雖有分書，終嫌字少，非出於假借，則易窮於用，至宏乃益之，使成大備耳。

衛恒言「王次仲始作楷法」，指八分也。隸書簡省篆法，取便徒隸，其後從流下而忘反，俗陋日甚。譬之於樂，中聲以降，五降之後不容彈。故八分者，隸之節也。八分所重在字畫有常，勿使增減造就，上亂古而下入俗，則楷法於是焉在，非徒以波勢一端示別矣。

鍾繇謂八分書爲章程書。章程，大抵以其字之合於功令而言耳。漢律以六體試學童，隸書與焉。吏民上書，字或不正，輒舉劾。是知一代之書，必有章程。章程既明，則但有正體而無俗體。其實漢所謂正體，不必如秦；秦所謂正體，不必如周。後世之所謂正體，由古人觀之，未必非俗體也。然俗而久，則爲正矣。後世欲識漢分孰合功令，亦惟取其書占三從二而已。

小篆，秦篆也；八分，漢隸也。秦無小篆之名，漢無八分之名，名之者皆後人也。後人以籀篆爲大，故小秦篆；以正書爲隸，故八分漢隸耳。

書之有隸，生於篆，如音之有徵，生於宫。故篆取力弇氣長，隸取勢險節短，蓋運筆與奮筆之辨也。

隸形與篆相反，隸意却要與篆相用。以峭激蘊紆餘，以倔强寓款婉，斯徵品量。不然，如撫劍疾視，適足以見其無能爲耳。

蔡邕作飛白，王僧虔云：「飛白，八分之輕者。」衛恒作散隸，韋續謂：「迹同飛白。」顧曰「飛」、曰「白」、曰「散」，其法不惟用之分隸。此如垂露、懸針，皆是篆法，他書亦恒用之。

分數不必用以論分，而可借以論書。漢隸既可當小篆之八分書，是小篆亦大篆之八分書，正書亦漢隸之八分書也。然正書自顧野王本《説文》以作《玉篇》，字體閒有嚴於隸者，其分數未易定之。

未有正書以前，八分但名爲隸，既有正書以後，隸不得不名八分。名八分者，所以别於今隸也。歐陽《集古録》於漢曰「隸」，於唐曰「八分」。論者不察其言外微旨，則譏其誤也亦宜。

漢《楊震碑》隸體略與後世正書相近，若吴《衡陽太守葛府君碑》則直是正書，故評者疑之。然鍾繇正書已在《葛碑》之前，繇之死在魏太和四年，其時吴猶未以長沙西部爲衡陽郡也。

唐太宗御撰《王羲之傳》曰：「善隸書，爲古今之冠。」或疑羲之未有分隸。其實自唐以前，皆稱楷字爲隸，如東魏《大覺寺碑》題曰「隸書」是也。郭忠恕云：「八分破而隸書出。」此語可引作《羲之傳》注。

正書雖統稱今隸，而塗徑有別。波磔小而鈎角隱，近篆者也；波磔大而鈎角顯，近分者也。

楷無定名，不獨正書當之。漢北海敬王睦善史書，世以爲楷，是大篆可謂楷也。衛恒《書勢》云：「王次仲始作楷法。」是八分爲楷也。又云：「伯英下筆必爲楷。」則是草爲楷也。

以篆、隸爲古，以正書爲今，此只是據體而言。其實書之辨，全在身分斤兩，體其末也。

世言漢劉德升造行書，而《晋・衛恒傳》但謂「魏初有鍾、胡二家爲行書法，俱學之於劉德升」，初不謂行書自德升造也。至三家之書品，庾肩吾已論次之。蓋德升中之上，胡昭上之下，鍾繇上之上云。

行書有真行，有草行。真行近真，而縱於真；草行近草，而斂於草。東坡謂「真如立，行如行，草如走」，行豈可同諸立與走乎！

行書行世之廣，與真書略等，篆、隸、草皆不如之。然從有此體以來，未有專論其法者。蓋行者真之捷而草之詳。知真草者之於行，如繪事欲作碧緑，只須會合青黄，無庸别設碧緑料也。

許叔重謂「漢興有草書」，衛恒《書勢》謂草書「不知作者姓名，至齊相杜度號善作篇」云云，是草固不始於度矣。或又以褚先生補《史記》嘗云「謹論次其真草詔書，編於左方」，遂謂孝武時已有草書。然解人第以裨諶草創、屈原屬草稾例之。且彼以真、草對言，豈孝武時已有真書之目耶？

章草「章」字，乃章奏之章，非指章帝，前人論之備矣。世誤以爲章帝，由見《閣帖》有漢章帝書也。然章草雖非出於章帝，而《閣帖》所謂章帝書者，當由集章草而成。《書斷》稱張伯英善草書，「尤善章草」。《閣帖》張芝書末一段，字體方匀，波磔分明，與前數段不同，與所謂章帝書却同。末段乃是章草，而前僅可謂草書。大抵章草用筆結字，取乎有制。孫過庭言「章務檢而便」，蓋非檢不足以敬章也。又如《閣帖》皇象草書，亦章草法。

章草，有史游之章草，蓋其《急就章》解散隸體，簡略書之，此猶未離乎隸也；有杜度之章草，蓋章帝愛其草書，令上表亦作草書，是用則章，實則草也。至張伯英善草書，尤善章草。故張懷瓘謂伯英「章則勁骨天縱，草則變化無方」，以示別焉。

黃長睿言分波磔者爲章草，非此者但謂之草。昔人亦有謂各字不連緜曰章草，相連緜曰今草者。按，草與章草體宜純一，世俗書或二者相間，乃所謂以爲龍又無角，謂之蛇又有足者也。

漢篆《祀三公山碑》「屢」字，下半帶行草之勢；隸書《楊孟文頌》「命」字、《李孟初碑》「年」字，垂筆俱長兩字許，亦與草類。然草已起於建初時，不當强以莊周注郭象也。

蕭子良云：「稾書者，董仲舒欲言災異，稾草未上，即爲稾書。」按，此所謂稾，其字體不可得而知矣。可知者，如韋續言「稾者行草之文」，近是。

周興嗣《千字文》：「杜稾鍾隸。」稾之名似乎惟草當之。然黃山谷於顏魯公《祭伯父濠州刺史文稾》，謂其「真、行、草法皆備」，可見稾不拘於一格矣。

書家無篆聖、隸聖，而有草聖。蓋草之道千變萬化，執持尋逐，失之愈遠，非神明自得者，孰能止於至善耶？

他書法多於意，草書意多於法。故不善言草者，意法相害；善言草者，意法相成。草之意法，與篆、隸、正書之意法，有對待，有旁通；若行，固草之屬也。

移易位置，增減筆畫，以草較真有之，以草較草亦有之。學草者移易易知，而增減每不盡解。蓋變其短長肥瘦，皆是增減，非止多一筆少一筆之謂也。

草書結體，貴偏而得中。偏如上有偏高偏低，下有偏長偏短，兩旁有偏爭偏讓皆是。

庸俗行草結字之體尤易犯者，上與左小而瘦，下與右大而肥。其橫豎波磔、用筆之輕重亦然。

古人草書，空白少而神遠，空白多而神密。俗書反是。

懷素自述草書所得，謂觀夏雲多奇峰，嘗師之。然則學草者徑師奇峰可乎？曰不可。蓋奇峰有定質，不若夏雲之奇峰無定質也。

昔人言爲書之體，須入其形，以若坐、若行、若飛、若動、若往、若來、若臥、若起、若愁、若喜狀之，取不齊也。然不齊之中，流通照應，必有大齊者存。故辨草者，尤以書脈爲要焉。

草書尤重筆力。蓋草勢尚險，凡物險者易顛，非具有大力，奚以固之？

草書之筆畫，要無一可以移入他書；而他書之筆意，草書却要無所不悟。

地師相地，先辨龍之動不動，直者不動而曲者動，蓋猶草書之用筆也。然明師之所謂曲直，與俗師之所謂曲直異矣。

草書尤重筋節。若筆無轉换，一直溜下，則筋節亡矣。雖氣脈雅尚緜亘，然總須使前筆有結，後筆有起，明續暗斷，斯非浪作。

草書渴筆，本於飛白。用渴筆分明認真，其故不自渴筆始。必自每作一字，筆筆皆能中鋒雙鈎得之。

正書居静以治動，草書居動以治静。

草書比之正書，要使畫省而意存，可於争讓向背間悟得。

欲作草書，必先釋智遺形，以至於超鴻濛，混希夷，然後下筆。古人言「匆匆不及草書」，有以也。

書凡兩種：篆、分、正爲一種，皆詳而静者也；行、草爲一種，皆簡而動者也。

《石鼓文》，韋應物以爲文王鼓，韓退之以爲宣王鼓，總不離乎周鼓也。而《通志·金石略序》云：「三代而上，惟勒鼎彝，秦人始大其制而用石鼓，始皇欲詳其文而用豐碑。」故《金石略》列秦篆之目，以《石鼓》居首。夫謂秦用鼓，事或有之，然未見即爲「⿺辶吾車既工」之鼓。不然，何以是鼓之辭醇字古，與豐碑顯異耶？

《祀巫咸大湫文》，俗呼《詛楚文》，字體在大、小篆閒。論小篆者，謂始於秦，而不始於李斯，引此文爲證，蓋以爲秦惠文王時書也。然《通志·金石略》作李斯篆，其必有所考與？

《閣帖》以正書爲程邈隸書，蓋因張懷瓘有「程邈造字皆真正」之言。然如漢隸《開通褒斜道石刻》，其字何嘗不真正哉，亦何嘗不與後世之正書異也！

漢人書隸多篆少，而篆體方扁，每駸駸欲入於隸。惟《少室》《開母》兩石闕銘，雅潔有制，差覺上蔡法程，於兹未遠。

《集古録跋尾》云：「余家集古所録，三代以來鐘鼎彝器銘刻備有。至後漢以來始有碑文，欲求前漢時碑碣，卒不可得。是則冢墓碑，自後漢以來始有也。」案，前漢墓碑固無，即他石刻亦少，此魯孝王之片石所以倍增光價與。

漢碑蕭散如《韓勑》《孔宙》，嚴密如《衡方》《張遷》，皆隸之盛也。若《華山廟碑》，旁礴鬱積，瀏灕頓挫，意味尤不可窮極。

《華山》《郭泰》《夏承》《郙閣》《魯峻》《石經》《范式》諸碑，皆世所謂蔡邕書也。《乙瑛》《韓勑》《上尊號》《受禪》諸碑，皆世所謂鍾繇書也。邕之死，繇之始仕，皆在獻帝初。談漢碑者，遇前輒歸蔡，遇後輒歸鍾，附會猶爲近似。至《乙瑛》《韓勑》二碑，時在鍾前，《范式碑》時在蔡後，則尤難解，然前人固有解之者矣。

蔡邕洞達，鍾繇茂密。余謂兩家之書同道，洞達正不容針，茂密正能走馬。此當於神者辨之。

稱鍾繇、梁鵠書者，必推《乙瑛》《孔羡》二碑，蓋一則神超，一則骨鍊也。《乙瑛碑》時在鍾前，自非追立，難言出於鍾手。至《孔羡》則更無疑其非梁書者。《上尊號碑》及《受禪碑》，書人爲鍾爲梁，所傳無定。其書愈工而垢彌甚，非書之累人，乃人之累書耳。

正、行二體始見於鍾書，其書之大巧若拙，後人莫及，蓋由於分書先不及也。過庭《書譜》謂「元常不草」，殆亦如伯昏無人所云「不射之射」乎？

崔子玉《草書勢》云「放逸生奇」，又云「一畫不可移」，「奇」與「不可移」合而一之，故難也。今欲求子玉草書，自《閣帖》所摹之外，不少概見。然兩言津逮，足當妙蹟已多矣。

張伯英草書隔行不斷，謂之「一筆書」。蓋隔行不斷，在書體均齊者猶易，惟大小疏密，短長肥瘦，倏忽萬變，而能潛氣内轉，乃稱神境耳。

評鍾書者，謂如盛德君子，容貌若愚，此易知也。評張書者，謂如班輸構堂，不可增減，此難知也。然果能於鍾究拙中之趣，亦漸可於張得放中之矩矣。

晋隸爲宋、齊所難繼，而《孫夫人碑》及《吕望表》尤爲晋隸之最。論者以其峻整超逸，分比梁、鍾，非過也。

索幼安分隸，前人以韋誕、鍾繇、衛瓘比之，而尤以草書爲極詣。其自作《草書狀》云：「或若俶儻而不群，或若自檢其常度。」惟俶儻而彌自檢，是其所以真能俶儻與？

索靖書如飄風忽舉，鷙鳥乍飛，其爲沈著痛快極矣。論者推之爲北宗，以歐陽信本書爲其支派，説亦近是。然三日觀碑之事，不足引也。

右軍《樂毅論》《畫像贊》《黄庭經》《太師箴》《蘭亭序》《告誓文》，孫過庭《書譜》論之，推極情意神思之微。在右軍爲因物，在過庭亦爲知本也已。

右軍自言見李斯、曹喜、梁鵠等字，見蔡邕《石經》於從弟洽處，復見張昶《華嶽碑》，是其書之取資博矣。或第以爲王導攜《宣示表》過江，輒謂東晋書法不出此《表》，以隱寓微辭於逸少。蓋以見王書不出鍾繇之外，而《宣宗》之在鍾書，又不及十一也。然使平情而論，當不出此。

右軍書「不言而四時之氣亦備」，所謂「中和誠可經」也。以毗剛毗柔之意學之，總無是處。

右軍書以二語評之，曰：力屈萬夫，韻高千古。

羲之之器量，見於郗公求壻時，東牀坦腹，獨若不聞，宜其書之静而多妙也。經綸見於規謝公以虛談廢務，浮文妨要，宜其書之實而求是也。

唐太宗著《王羲之傳論》謂蕭子雲無丈夫氣，以明逸少之盡善盡美。顧後來名爲似逸少者，其無丈夫之氣甚於子雲，遂致昌黎有「羲之俗書趁姿媚」之句，然逸少不任昝也。

黄山谷云：「大令草書殊迫伯英。」所以中間論書者，以右軍草入能品，而大令草入神品。余謂大令擅奇固尤在草，然論大令書不必與右軍相較也。

大令《洛神十三行》，黄山谷謂「宋宣獻公、周膳部少加筆力，亦可及此」。此似言之太易，然正以明大令之書，不惟以妍妙勝也。其《保母磚志》，近代雖衹有摹本，却尚存勁質之意。學晋書者，固尤當以勁質先之。

清恐人不知，不如恐人知。子敬書高致逸氣，視諸右軍，其如胡威之於父質乎？

《集古録》謂「南朝士人，氣尚卑弱，字書工者，率以纖勁清媚爲佳」，斯言可以矯枉，而非所以持平。南書固自有高古嚴重者，如陶貞白之流便是，而右軍雄强無論矣。

《瘞鶴銘》剥蝕已甚，然存字雖少，其舉止歷落，氣體宏逸，令人味之不盡。書人本難確定主名，其以爲出於貞白者，特較言逸少、顧況爲近耳。

《瘞鶴銘》用筆隱通篆意，與後魏鄭道昭書若合一契，此可與究心南北書者共參之。蔡忠惠乃云：「元魏閒盡習隸法，自隋平陳多以楷、隸相參，《瘞鶴文》有楷、隸筆，當是隋代書。」其論北書未嘗推本於篆，故《鶴銘》亦未盡肖也。

索征西書，世所奉爲北宗者。然蕭子雲臨征西書，世便判作索書，南書顧可輕量也哉！

歐陽《集古録》跋王獻之《法帖》云：「所謂法帖者，率皆弔哀、候病、敘暌離、通訊問，施於家人朋友之閒，不過數行而已。蓋其初非用意，而逸筆餘興，淋漓揮灑，或妍或醜，百態橫生，使人驟見驚絶，守而視之，其意態愈無窮盡。至於高文大册，何嘗用此。」案，高文大册，非碑而何？公之言雖詳於論帖，而重碑之意亦見矣。

晋氏初禁立碑，語見任彦昇爲范始興作《求立太宰碑表》。宋義熙初，裴世期表言：「碑銘之作，以明示後昆，自非殊功異德，無以允應兹典。俗敝僞興，華煩已久，不加禁裁，其敝無已。」則知當日視立碑爲異數矣。此禁至齊未弛，故范《表》之所請，卒寢不行。北朝未有此禁，是以碑多。竇泉《述書賦》列晋、宋、齊、梁、陳至一百四十五人。向使南朝無禁，安知碑蹟之盛，不駕北而上之耶？

西晋索靖、衛瓘善書齊名。靖本傳言「瓘筆勝靖，然有楷法，遠不及靖。」此正見論兩家者不可輢爲輕重也。瓘之書學，上承父覬，下開子恒；而靖未詳受授。要之，兩家皆并籠南、北者也。渡江以來，王、謝、郗、庾四氏，書家最多。而王家羲、獻，世罕倫比，遂爲南朝書法之祖。其後擅名，宋代莫如羊欣，實親受於子敬；齊莫如王僧虔，梁莫如蕭子雲，淵源俱出二王；陳僧智永尤得右軍之髓。惟善學王者，率皆本領是當。苟非骨力堅强，而徒摹擬形似，此北派之所由誚南宗與！

論北朝書者，上推本於漢、魏，若《經石峪大字》《雲峰山五言》《鄭文公碑》《刁惠公志》，則以爲出於《乙瑛》；若《張猛龍》《賈使君》《魏靈藏》《楊大眼》諸碑，則以爲出於《孔羡》。余謂若由前而推諸後，唐褚、歐兩家書派，亦可準是辨之。

歐陽公跋東魏《魯孔子廟碑》云：「後魏、北齊時書多如此，筆畫不甚佳，然亦不俗，而往往相類。疑其一時所尚，當自有法。」跋北齊《常山義七級碑》云：「字畫佳，往往有古法。」余謂北碑固長短互見，不容相掩，然所長已不可勝學矣。

北朝書家，莫盛於崔、盧兩氏。《魏書·崔元伯傳》詳元伯之善書云：「元伯祖悦，與范陽盧諶并以博藝著名。諶法鍾繇，悦法衛瓘，而俱習索靖之草，皆盡其妙。諶傳子偃，偃傳子邈；悦傳子潛，潛傳元伯，世不替業。故魏初重崔、盧之書。」觀此則崔、盧家風，豈下於南朝羲、獻哉！惟自隋以後，唐太宗表章右軍；明皇篤志大令《桓山頌》，其批答至有「桓山之頌，復在於兹」之語。及宋太宗復尚二王，其命翰林侍書王著摹

《閣帖》，雖博取諸家，歸趣實以二王爲主。以故藝林久而成習，與之言羲、獻，則怡然；與之言悦、諶，則惘然。況悦、諶以下者乎！

篆尚婉而通，南帖似之；隸欲精而密，北碑似之。

北書以骨勝，南書以韻勝。然北自有北之韻，南自有南之骨也。

南書温雅，北書雄健。南如袁宏之牛渚諷詠，北如斛律金之《敕勒歌》。然此祇可擬一得之士，若母群物而腹衆才者，風氣固不足以限之。

蔡君謨識隋丁道護《啟法寺碑》云：「此書兼後魏遺法。隋、唐之交，善書者衆，皆出一法，道護所得最多。」歐陽公於是碑跋云：「隋之晚年，書家尤盛。吾家率更與虞世南，皆當時人也。後顯於唐，遂爲絶筆。余所集録開皇、仁壽、大業時碑頗多，其筆畫率皆精勁。」由是言可知歐、虞與道護若合一契，而魏之遺法所被廣矣。推之隋《龍藏寺碑》，歐陽公以爲「字畫遒勁，有歐、虞之體」；後人或謂出東魏《李仲琁》《敬顯儁》二碑，蓋猶此意。惜書人不可考耳。

永禪師書，東坡評以「骨氣深穩，體兼衆妙，精能之至，反造疏澹」，則其實境超詣爲何如哉？今摹本《千文》，世尚多有，然律以東坡之論，相去不知幾由旬矣。

李陽冰學《嶧山碑》，得延陵季子墓題字而變化。其自論書也，謂於天地山川、日月星辰、雲霞草木、文物衣冠，皆有所得。雖未嘗顯以篆訣示人，然已示人畢矣。

李陽冰篆活潑飛動，全由力能舉其身。一切書皆以身輕爲尚，然除却長力，別無輕身法也。

唐碑少大篆，賴《碧落碑》以補其闕。然凡書之所以傳者，必以筆法之奇，不以託體之古也。李肇《國史補》言李陽冰見此碑，寢臥其下，數日不能去。論者以爲陽冰篆筆過於此碑，不應傾服至此，則亦不然。蓋人無陽冰之學，焉知其所以傾服也。即其書不及陽冰，然右軍書師王廙，及其成也，過廙遠甚。青出於藍，事固多有。謂陽冰必蔑視此碑，夫豈所以爲陽冰哉！至書者或爲陳惟玉，或爲李譔，前人已不能定矣。

元吾丘衍謂李陽冰杜甫甥李潮，論者每不然之。觀《唐書·宰相世系表》，趙郡李氏雍門子，長湜，次澥字堅冰，次陽冰。潮之爲名，與湜、澥正復相類，陽冰與堅冰似皆爲字，或始名潮字陽冰，後以字爲名，而別字少温，未可知也。且杜詩云「況潮小篆逼秦相」，而歐陽《集古録》未有潮篆，鄭漁仲《金石略》於唐篆家，陽冰外但列唐元度、李庚、王遹諸人，亦不及潮，何也？

李陽冰篆書，自以爲「斯翁之後，直至小生」。然歐陽《集古録》論唐篆，於陽冰之前稱王遹，於其後稱李靈省，則當代且非無人，而況於古乎！

唐八分，杜詩稱韓擇木、蔡有鄰、李潮三家，歐陽六一合之史維則稱四家。四家書之傳世者，史多於韓，韓多於蔡，李惟《慧義寺彌勒像碑》《彭元曜墓志》載於趙氏《金石録》，何寥寥也！吾丘衍疑潮與陽冰爲一人，則篆既盛傳，分雖少，可無憾矣。

歐陽文忠於唐八分尤推韓、史、李、蔡四家。夫四家固卓爲書傑，而四家外若張璪、瞿令問、顧戒奢、張庭珪、胡証、梁升卿、韓秀榮、秀弼、秀實、劉升、陸堅、李著、周良弼、史鎬、盧曉，各以能鳴，亦未可謂餘子碌碌也。近代或專言漢分，比唐於「自鄶以下」，其亦過矣。

唐隸規模出於魏碑者十之八九，其骨力亦頗近之，大抵嚴整警策，是其所長。論唐隸者，謂唐初歐陽詢、薛純陁、殷仲容諸家，漢、魏遺意尚在。至開元間，則變而即遠，此以氣格言也。然力量在人，不因時異，更當觀之。

言隸者，多以漢爲古雅幽深，以唐爲平滿淺近。然蔡有鄰《尉遲迥碑》，《廣川書跋》謂當與《鴻都石經》相繼，何嘗於漢、唐過分畛域哉！至有鄰《興唐寺石經藏贊》，歐陽公謂與三代器銘何異，論雖似過，亦所謂「以我不平破汝不平」也。

後魏《孝文弔比干墓文》，體雜篆隸，相傳爲崔浩書。東魏《李仲琁修孔子廟碑》、隋《曹子建碑》，皆衍其流者也。唐《景龍觀鐘銘》蓋亦效之，然頗能節之以禮。

唐僧懷仁《集聖孝序》，古雅有淵致。黄長睿謂「碑中字與右軍遺帖所有者，纖微克肖」，今遺帖之是非難辨，轉以此證遺帖可矣。或言懷仁能集此序，何以他書無足表見？然更何待他書之表見哉！

學《聖教》者致成爲院體，起自唐吴通微，至宋高崇望、白崇矩益貽口實。故蘇、黄論書，但盛稱顔尚書、楊少師，以見與《聖教》别異也。其實顔、楊於《聖教》，如禪之翻案，於佛之心印，取其明離暗合，院體乃由死於句下，不能下轉語耳。小禪自縛，豈佛之過哉！

唐人善集右軍書者，懷仁《聖教序》外，推僧大雅之《吴文碑》。《聖教》行世，固爲尤盛，然此碑書足備一宗。蓋《聖教》之字雖閒有峭勢，而此則尤以峭尚，想就右軍書之峭者集之耳。唐太宗御製《王羲之傳》曰：「勢如斜而反正。」觀此，乃益有味其言。

虞永興書出於智永，故不外耀鋒芒而内涵筋骨。徐季海謂歐、虞爲鷹隼，歐之爲鷹隼易知，虞之爲鷹隼難知也。

學永興書，第一要識其筋骨勝肉。綜昔人所以稱《廟堂碑》者，是何精神！而展轉翻刻，往往入於膚爛，在今日則轉不如學《昭仁寺碑》矣。

論唐人書者，别歐、褚爲北派，虞爲南派。蓋謂北派本隸，欲以此尊歐、褚也。然虞正自有篆之玉筯意，特主張北書者不肯道耳。

王紹宗書似虞伯施，觀《王徵君青石銘》可見。紹宗與人書嘗言「鄙夫書無工者」，又言「吴中陸大夫嘗以余比虞君，以不臨寫故也」，數語乃書家真實義諦，不知者則以爲好作勝解矣。

率更《化度寺碑》筆短意長，雄健彌復深雅。評者但謂是直木曲鐵法，如介胄有不可犯之色，未盡也。或移以評蘭臺《道因》，則近耳。

大、小歐陽書并出分隸，觀蘭臺《道因碑》有批法，則顯然隸筆矣。或疑蘭臺學隸，何不盡化其跡？然初唐猶參隋法，不當以此律之。

東坡評褚河南書「清遠蕭散」。張長史告顔魯公述河南之言，謂「藏鋒畫乃沈著」。兩説皆足爲學褚者之資，然有看繡、度針之别。

褚河南書爲唐之廣大教化主，顔平原得其筋，徐季海之流得其肉。而季海不自謂學褚未盡，轉以翬翟爲譏，何誖也！

褚書《伊闕佛龕碑》，兼有歐、虞之勝，至《慈恩》《聖教》，或以王行滿《聖教》擬之。然王書雖縝密流動，終遜其逸氣也。

唐歐、虞兩家書，各占一體。然上而溯之，自東魏《李仲琁》《敬顯儁》二碑，已可觀其會通，不獨歐陽六一以「有歐、虞體」評隋《龍藏寺》也。

歐、虞并稱，其書方圓剛柔，交相爲用。善學虞者和而不流，善學歐者威而不猛。

歐、褚兩家并出分隸，於「遒」「逸」二字各得所近。若借古書評評之，歐其如龍威虎震，褚其如鶴游鴻戲乎。

虞永興掠磔亦近勒努，褚河南勒努亦近掠磔，其關捩隱由篆、隸分之。

陸柬之之書渾勁，薛稷之書清深。陸出於虞，薛出於褚。世或稱歐、虞、褚、薛，或稱歐、虞、褚、陸，得非以宗尚之異，而漫爲軒輊耶？

唐初歐、虞、褚外，王知敬、趙模兩家書，皆精熟遒逸，在當時極爲有名。知敬書《李靖碑》，模書《高士廉碑》，既已足徵章法；而同時有書佳而不著書人之碑，潛鑒者每謂出此兩家之手。書至於此，猶不得儕歐、虞之列，此登嶽者所以必淩絶頂哉！

孫過庭草書，在唐爲善宗晋法。其所書《書譜》，用筆破而愈完，紛而愈治，飄逸愈沈著，婀娜愈剛健。

孫過庭《書譜》謂「古質而今妍」，而自家書却是妍之分數居多，試以旭、素之質比之自見。

李北海書氣體高異，所難尤在一點一畫皆如抛磚落地，使人不敢以虚憍之意擬之。

李北海書以拗峭勝，而落落不涉作爲。昧其解者，有意低昂，走入佻巧一路，此北海所謂「似我者俗，學者我死」也。

李北海、徐季海書多得異勢，然所恃全在筆力。東坡論書謂「守駿莫如跛」，余亦謂用跛莫如駿焉。

過庭《書譜》稱右軍書「不激不厲」，杜少陵稱張長史草書「豪蕩感激」，實則如止水、流水，非有二水也。

張長史真書《郎官石記》，東坡謂「作字簡遠，如晋、宋間人」，論者以爲知言。然學張草者，往往未究其法，先挾狂怪之意。豈知草固出於其真，而長史之真何如哉？山谷言：「京、洛閒人，傳摹狂怪字，不入右軍父子繩墨者，皆非長史筆。」審此而長史之真出矣。

學草書者，探本於分、隸、二篆，自以爲不可尚矣。張長史得之古鐘鼎銘、科斗篆，却不以觭見之。此其視彼也，不猶海若之於河伯耶？

韓昌黎謂張旭書「變動猶鬼神，不可端倪」，此語似奇而常。夫鬼神之道，亦不外屈信闔闢而已！

長史、懷素皆祖伯英今草。長史《千文》殘本，雄古深邃，邈焉寡儔。懷素大、小字《千文》，或謂非真，顧精神雖遜長史，其機勢自然，當亦從原本脱胎而出；至《聖母帖》，又見與二王之門庭不異也。

張長史書悲喜雙用，懷素書悲喜雙遣。

旭、素書可謂謹嚴之極，或以爲顛狂而學之，與宋向氏學盜何異？旭、素必謂之曰：「若失顛狂之道至此乎？」

顔魯公書，自魏、晋及唐初諸家皆歸隱括。東坡詩有「顔公變法出新意」之句，其實變法得古意也。

顔魯公正書，或謂出於北碑《高植墓志》及穆子容所書《太公吕望表》，又謂其行書與《張猛龍碑》後行書數行相似，此皆近之。然魯公之學古，何嘗不多連博貫哉！

歐、虞、褚三家之長，顔公以一手擅之。使歐見《郭家廟碑》，虞、褚見《宋廣平碑》，必且撫心高蹈，如師襄之發歎於師文矣。

魯公書《宋廣平碑》，紆餘蘊藉，令人味之無極，然亦實無他奇，只是從《梅花賦》傳神寫照耳。至前人謂其從《瘞鶴銘》出，亦爲知言。

《坐位帖》，學者苟得其意，則自運而輒與之合，故評家謂之方便法門。然必胸中具旁礴之氣，腕閒贍真實之力，乃可語庶乎之詣。不然，雖字摹畫擬，終不免如莊生所謂似人者矣。

顔魯公書，書之汲黯也。阿世如公孫弘，舞智如張湯，無一可與并立。

或問顔魯公書何似，曰似司馬遷。懷素書何似，曰似莊子。曰不以一沈著一飄逸乎，曰必若此言，是謂馬不飄逸，莊不沈著也。

蘇靈芝書，世或與李泰和、顔清臣、徐季海并稱。然靈芝書但妥帖舒暢，其於李之倜儻、顔之雄毅、徐之韻度，皆遠不能逮。而所書之碑甚多，歐陽六一謂唐有寫經手，如靈芝者，亦可謂唐之寫碑手矣。

柳誠懸書，《李晟碑》出歐之《化度寺》，《玄秘塔》出顏之《郭家廟》，至如《沂州普照寺碑》，雖係後人集柳書成之，然剛健含婀娜，乃與褚公神似焉。

裴公美書，大段宗歐，米襄陽評之以「真率可愛」。「真率」二字，最爲難得，陶詩所以過人者在此。

秦碑力勁，漢碑氣厚，一代之書，無有不肖乎一代之人與文者。《金石略序》云：「觀晋人字畫，可見晋人之風猷；觀唐人書蹤，可見唐人之典則。」諒哉！

五代書，蘇、黄獨推楊景度。今但觀其書之尤傑然者，如《大仙帖》，非獨勢奇力强，其骨裏謹嚴，真令人無可尋閒。此不必沾沾於摹顏擬柳，而顏、柳之實已備矣。

楊景度書，機括本出於顏，而加以不衫不履，遂自成家。然學楊者，尤貴筆力足與抗行；不衫不履，其外焉者也。

歐陽公謂徐鉉與其弟鍇「皆能八分、小篆，而筆法頗少力」。黄山谷謂鼎臣篆「氣質高古，與陽冰并驅争先」。余謂二公皆據偶見之徐書而言，非其書之本無定品也。必兩言皆是，則惟取其高古可耳。

徐鼎臣之篆正而純，郭恕先、僧夢英之篆奇而雜。英固方外，郭亦畸人，論者不必强以徐相絜度也。英論書獨推郭而不及徐，郭行素狂，當更少所許可。要之，徐之字學冠絶當時，不止踰於英、郭。或不苛字學而但論書才，則英、郭固非徐下耳。

歐陽公謂「唐世人人工書」，「今士大夫忽書爲不足學，往往僅能執筆」。此蓋歎宋正書之衰也。而分書之衰更甚焉。其善者，郭忠恕以篆古之筆溢爲分隸，獨成高致。至如嗣端、雲勝兩沙門，并以隸鳴。嗣端尚不失唐人遺矩，雲勝僅堪取給而已。金党懷英既精篆籀，亦工隸法，此人惜不與稼軒俱南耳。

北宋名家之書，學唐各有所尤近：蘇近顔，黄近柳，米近褚；惟蔡君謨之所近頗非易見，山谷蓋謂其真、行、簡札能入永興之室云。

蔡君謨書，評者以爲宋之魯公。此獨其大楷則然耳，然亦不甚似也。山谷謂「君謨《渴墨帖》彷彿似晋、宋閒人書」，頗覘微趣。

東坡詩如華嚴法界，文如萬斛泉源，惟書亦頗得此意，即行書《醉翁亭記》便可見之。其正書字閒櫛比，近顔書《東方畫贊》者爲多，然未嘗不自出新意也。

《端州石室記》，或以爲張庭珪書，或以爲李北海書；東坡正書有其傲岸旁礴之氣。

黄山谷論書最重一「韻」字，蓋俗氣未盡者，皆不足以言韻也。觀其《書嵇叔夜詩與姪榎》，稱其詩「無一點塵俗氣」，因言「士生於世，可以百爲，惟不可俗，俗便不可醫」。是則其去俗務盡也，豈惟書哉！即以書論，識者亦覺《鶴銘》之高韻，此堪追嗣矣。

米元章書大段出於河南，而復善摹各體。當其刻意宗古，一時有集字之譏；迨既自成家，則惟變所適，不得以轍迹求之矣。

米元章書脱落凡近，雖時有諧氣，而諧不傷雅，故高流鮮或訾之。

宋薛紹彭道祖書得二王法，而其傳也，不如唐人高正臣、張少悌之流。蓋以其時蘇、黄方尚變法，故循循晋法者見絀也。然如所書樓觀詩，雅逸足名後世矣。

或言游定夫先生多草書，於其人似乎未稱。曰：草書之律至嚴，爲之者不惟膽大，而在心小。只此是學，豈獨正書然哉！

書重用筆，用之存乎其人，故善書者用筆，不善書者爲筆所用。

蔡中郎《九勢》云：「令筆心常在點畫中行。」後如徐鉉小篆，畫之中心有一縷濃墨正當其中，至於屈折處亦當中，無有偏側處，蓋得中郎之遺法者也。

每作一畫，必有中心，有外界。中心出於主鋒，外界出於副毫。鋒要始、中、終俱實，毫要上下左右皆齊。

起筆欲斗峻，住筆欲峭拔，行筆欲充實，轉筆則兼乎住、起、行者也。

逆入、澀行、緊收，是行筆要法。如作一横畫，往往末大於本，中減於兩頭，其病坐不知此耳。豎、撇、捺亦然。

筆心，帥也；副毫，卒徒也。卒徒更番相代，帥則無代。論書者每曰换筆心，實乃换向，非换質也。

張長史書「微有點畫處，意態自足」。當知微有點畫處，皆是筆心實實到了；不然，雖大有點畫，筆心却反不到，何足之可云？

中鋒、側鋒、藏鋒、露鋒、實鋒、虚鋒、全鋒、半鋒，似乎鋒有八矣。其實中、藏、實、全，衹是一鋒；側、露、虚、半，亦衹是一鋒也。

中鋒畫圓，側鋒畫扁。舍鋒論畫，足外固有迹耶？

書用中鋒，如師直爲壯；不然，如師曲爲老。兵家不欲自老其師，書家奈何異之？

要筆鋒無處不到，須是用「逆」字訣：勒則鋒右管左，努則鋒下管上，皆是也。然亦只暗中機括如此，著相便非。

書以側、勒、努、趯、策、掠、啄、磔爲八法。凡書下筆多起於一點，即所謂側也。故側之一法，足統餘法。欲辨鋒之實與不實，觀其側則思過半矣。

畫有陰陽。如横則上面爲陽，下面爲陰；竪則左面爲陽，右面爲陰。惟毫齊者能陰陽兼到，否則獨陽而已。

書能筆筆還其本分，不稍閃避取巧，便是極詣。永字八法，只是要人横成横、竪成竪耳。

蔡中郎云：「筆軟則奇怪生焉。」余按此一「軟」字，有獨而無對。蓋能柔能剛之謂軟，非有柔無剛之謂軟也。

凡書要筆筆按，筆筆提。辨按尤當於起筆處，辨提尤當於止筆處。

書家於「提」「按」兩字，有相合而無相離。故用筆重處正須飛提，用筆輕處正須實按，始能免「墮」「飄」二病。

書有「振」「攝」二法：索靖之筆短意長，善攝也；陸柬之之節節加勁，善振也。

行筆不論遲速，期於備法。善書者雖速而法備，不善書者雖遲而法遺。然或遂貴速而賤遲，則又誤矣。

古人論用筆，不外「疾」「澀」二字。澀非遲也，疾非速也。以遲速爲疾澀，而能疾澀者無之。

用筆者皆習聞澀筆之説，然每不知如何得澀。惟筆方欲行，如有物以拒之，竭力而與之争，斯不期澀而自澀矣。澀法與戰掣同一機竅，第戰掣有形，强效轉至成病，不若澀之隱以神運耳。

筆有用完，有用破。屈玉垂金，古槎怪石，於此别矣。

書以筆爲質，以墨爲文。凡物之文見乎外者，無不以質有其内也。

孫子云：「勝兵先勝而後求戰，敗兵先戰而後求勝。」此意通之於結字，必先隱爲部署，使立於不敗而後下筆也。字勢有因古，有自構。因古難新，自構難穩，總由先機未得焉耳。

欲明書勢，須識九宫。九宫尤莫重於中宫，中宫者，字之主筆是也。主筆或在字心，亦或在四維四正。書著眼在此，是謂識得活中宫。如陰陽家旋轉九宫圖位，起一白，終九紫，以五黄爲中宫，五黄何嘗必在戊己哉！

畫山者必有主峰，爲諸峰所拱向；作字者必有主筆，爲餘筆所拱向。主筆有差，則餘筆皆敗，故善書者必争此一筆。

字之爲義，取孳乳浸多。言孳乳，則分形而同氣可知也。故凡書之仰承俛注，左顧右盼，皆欲無失其同焉而已。

結字疏密須彼此互相乘除，故疏不嫌疏，密不嫌密也。然乘除不惟於疏密用之。

字形有内抱，有外抱。如上下二横，左右兩豎，其有若弓之背向外弦向内者，内抱也；背向内弦向外者，外抱也。篆不全用内抱，而内抱爲多；隸則無非外抱。辨正、行、草書者，以此定其消息，便知於篆、隸孰爲出身矣。

字體有整齊，有參差。整齊，取正應也；參差，取反應也。

書要曲而有直體，直而有曲致。若弛而不嚴，剽而不留，則其所謂曲直者誤矣。

書一於方者，以圓爲模棱；一於圓者，以方爲徑露。盍思地矩天規，不容偏有取舍。

書宜平正，不宜攲側。古人或偏以攲側勝者，暗中必有撥轉機關者也。畫訣有「樹木正，山石倒；山石正，樹木倒」，豈可執一石一木論之。

論書者謂晋人尚意，唐人尚法，此以觚棱間架之有無别之耳。實則晋無觚棱間架，而有無觚棱之觚棱，無間架之間架，是亦未嘗非法也；唐有觚棱間架，而諸名家各自成體，不相因襲，是亦未嘗非意也。

書之章法有大小，小如一字及數字，大如一行及數行、一幅及數幅，皆須有相避相形、相呼相應之妙。

凡書，筆畫要堅而渾，體勢要奇而穩，章法要變而貫。

書之要，統於「骨氣」二字。骨氣而曰洞達者，中透爲洞，邊透爲達。洞達則字之疏密肥瘦皆善，否則皆病。

字有果敢之力，骨也；有含忍之力，筋也。用骨得骨，故取指實；用筋得筋，故取腕懸。

衛瓘善草書，時人謂瓘得伯英之筋，猶未言骨。衛夫人《筆陣圖》，乃始以「多骨」「豐筋」并言之。至范文正《祭石曼卿文》有「顔筋柳骨」之語，而筋骨之辨愈明矣。

書少骨，則致誚墨豬。然骨之所尚，又在不枯不露。不然，如髑髏，固非少骨者也。

骨力形勢，書家所宜并講。必欲識所尤重，則唐太宗已言之，曰：「求其骨力而形勢自生。」

書要兼備陰陽二氣。大凡沈著屈鬱，陰也；奇拔豪達，陽也。高韻深情，堅質浩氣，缺一不可以爲書。

凡論書氣，以士氣爲上。若婦氣、兵氣、村氣、市氣、匠氣、腐氣、傖氣、俳氣、江湖氣、門客氣、酒肉氣、蔬筍氣，皆士之棄也。

書要力實而氣空，然求空必於其實，未有不透紙而能離紙者也。

書要心思微、魄力大。微者條理於字中，大者旁礴乎字外。

筆畫少處，力量要足，以當多；瘦處，力量要足，以當肥。信得「多少」「肥瘦」，形異而實同，則書進矣。

司空表聖之《二十四詩品》，其有益於書也，過於庾子慎之《書品》。蓋庾《品》祇爲古人標次第，司空《品》足爲一己陶胸次也。此惟深於書而不狃於書者知之。

書與畫異形而同品。畫之意象變化，不可勝窮，約之不出神、能、逸、妙四品而已。

論書者曰「蒼」、曰「雄」、曰「秀」，余謂更當益一「深」字。凡蒼而涉於老禿，雄而失於粗疏，秀而入於輕靡者，不深故也。

靈和殿前之柳，令人生愛；孔明廟前之柏，令人起敬。以此論書，取姿致何如尚氣格耶？

學書者始由不工求工，繼由工求不工。不工者，工之極也。《莊子·山木》篇曰：「既雕既琢，復歸於樸。」善夫！

怪石以醜爲美，醜到極處，便是美到極處。一「醜」字中丘壑未易盡言。

俗書非務爲妍美，則故託醜拙。美醜不同，其爲爲人之見一也。

書家同一尚熟，而熟有精粗深淺之別，惟能用生爲熟，熟乃可貴。自世以輕俗滑易當之，而真熟亡矣。

書非使人愛之爲難，而不求人愛之爲難。蓋有欲無欲，書之所以別人天也。

學書者務益不如務損。其實損即是益，如去寒去俗之類，去得盡非益而何？

書要有爲，又要無爲，脱略、安排俱不是。

《洛書》爲書所託始。《洛書》之用，五行而已；五行之性，五常而已。故書雖學於古人，實取諸性而自足者也。

書，陰陽剛柔不可偏陂，大抵以合於《虞書》九德爲尚。

揚子以書爲心畫，故書也者，心學也。心不若人而欲書之過人，其勤而無所也宜矣。

寫字者，寫志也。故張長史授顔魯公曰：「非志士高人，詎可與言要妙？」宋畫史解衣槃礴，張旭脱帽露頂，不知者以爲肆志，知者服其用志不紛。

筆性墨情，皆以其人之性情爲本。是則理性情者，書之首務也。

鍾繇筆法曰：「筆迹者，界也。流美者，人也。」右軍《蘭亭序》言「因寄所託」「取諸懷抱」，似亦隱寓書旨。

張融云：「非恨臣無二王法，恨二王無臣法。」余謂但觀此言，便知其善學二王。儻所謂「見過於師，僅堪傳授」者耶？

唐太宗論書曰：「吾之所爲，皆先作意，是以果能成。」虞世南作《筆髓》，其一爲《辨意》。蓋書雖重法，然意乃法之所受命也。

東坡論吴道子畫「出新意於法度之中，寄妙理於豪放之外」。推之於書，但尚法度與豪放，而無新意、妙理，末矣。

學書通於學仙，鍊神最上，鍊氣次之，鍊形又次之。

書貴入神，而神有我神、他神之別。入他神者，我化爲古也；入我神者，古化爲我也。

觀人於書，莫如觀其行草。東坡論傳神，謂「具衣冠坐，斂容自持，則不復見其天」；《莊子・列禦冠》篇云「醉之以酒而觀其則」，皆此意也。

書，如也，如其學，如其才，如其志，總之曰如其人而已。

賢哲之書温醇，駿雄之書沈毅，畸士之書歷落，才子之書秀穎。

書可觀識。筆法字體，彼此取舍各殊，識之高下存焉矣。

揖讓騎射，兩人各善其一，不如并於一人。故書以才度相兼爲上。

書尚清而厚，清厚要必本於心行。不然，書雖幸免薄濁，亦但爲他人寫照而已。

書當造乎自然。蔡中郎但謂書肇於自然，此立天定人，尚未及乎由人復天也。

學書者有二觀：曰觀物，曰觀我。觀物以類情，觀我以通德。如是則書之前後莫非書也，而書之時可知矣。

卷六

經義概

經義試士，自宋神宗始行之。神宗用王安石及中書門下之言定科舉法，使士各專治《易》《詩》《書》《周禮》《禮記》一經，兼《論語》《孟子》，初試本經，次兼經大義，而經義遂爲定制。其後元有《四書疑》，明有《四書義》，實則宋制已試《論》《孟》《禮記》，《禮記》已統《中庸》《大學》矣。今之《四書》文，學者或并稱經義。《四書》出於聖賢，聖賢吐辭爲經，以經尊之，名實未嘗不稱。爲經義者，誠思聖賢之義，宜自我而明，不可自我而晦，則爲之自不容苟矣。

杜元凱《左傳序》云「先經以始事」，「後經以終義」，「依經以辨理」，「錯經以合異」。余謂經義用此法操之，便得其要。經者，題也；先之、後之、依之、錯之者，文也。

凡作一篇文，其用意俱要可以一言蔽之。擴之則爲千萬言，約之則爲一言，所謂主腦者是也。破題、起講，扼定主腦；承題、八比，則所以分攄乎此也。主腦皆須廣大精微，尤必審乎章旨、節旨、句旨之所當重者而重之，不可硬出意見。主腦既得，則制動以靜，治煩以簡，一綫到底，百變而不離其宗，如兵非將不御，射非鵠不志也。

昔人論文，謂未作破題，文章由我；既生破題，我由文章。余謂題出於書者，可以斡旋；題出於我者，惟抱定而已。破題者，我所出之題也。

文莫貴於尊題。尊題自破題、起講始，承題及分比，只是因其已尊而尊之。尊題者，將題説得極有關係，乃見文非苟作。

破題是箇小全篇。人皆知破題有題面，有題意，以及分合明暗、反正倒順、探本推開、代説斷做、照下繳上諸法，不知全篇之神奇變化，此爲見端。

有認題，有肖題。善認題，故題外無文；善肖題，故文外無題。

文之要，曰識，曰力。識見於認題之真，力見於肖題之盡。

認題、肖題，全在善於讀題。《春秋》僖二十一年《穀梁傳》云：「以，重辭也。」宣七年《傳》云：「而，緩辭也。」文家重讀、輕讀、急讀、緩讀之法，此已開之。

肖題者，無所不肖也，肖其神，肖其氣，肖其聲，肖其貌。有題字處，切以肖之；無題字處，補以肖之。自非肖題，則讀題、認題亦歸於無用矣。

題有筋有節。文家辨得一節字，則界畫分明；辨得一筋字，則脈絡聯貫。

題有題眼，文有文眼。題眼或在題中實字，或在虛字，或在無字處；文眼即文之注意實字、虛字、無字處是也。

有題要，有題緒。善扼題要，所以統題緒也；善理題緒，所以拱題要也。

章旨在本題者，闡本題即所以闡章旨也。章旨在上下文者，必以本題攝之。攝有三位：實字、虛字、無字處。

有題面與題意同者，有題面與題意異者。實與而文不與，實不與而文與，皆所謂異也。

題義有而文無，是謂減題；題義無而文有，是謂添題。文貴如題，或減或添俱失之。

題有平有串，做法未嘗不通。蓋在平題爲分做者，在串題爲截做；在平題爲總做者，在串題爲滾做也。至宜分宜截，宜總宜滾，善相題者自知之。

問：「分做、截做與總做、滾做，其文之意義何尚？」曰：分、截取乎結實，總、滾取乎空靈。

題字句少則宜用拆字訣，字句多則宜用并字訣。雖用并字訣，然緊要之字句仍須特說，是亦未嘗非拆字也。

拆題字法，如數字各爲一義，一字自爲數義，皆是也。拆句、拆節亦如之。

拆字訣有似於反，如題言不可如此，文先說如此，次說可如此，後說不可如此。其說如此與可如此處，即似反矣，其實乃拆字也。

題前有豫作；題後有補作；題中亦補作，亦豫作。

題前題後，不必全題之前、全題之後也。如題有三層，一層之後即二層之前，二層之後即三層之前，而一層乃復有前，三層乃復有後也。

文有攻棱、補窪二法：攻棱，做題字也；補窪，做題間也。

題有題縫。題縫中筆法有四，曰：急脈緩受，緩脈急受，直脈曲受，曲脈直受。

題縫不旬兩截題有之，凡由題中此字說到彼字，彼字說到此字，欲到未到之間皆是。

題兼虛實字者，文則有坐虛呼實、坐實呼虛二法。題兼上下句者，文則有坐上呼下、坐下呼上二法。此猶地師相地，有空滿二向、順逆二局也。

題字有重有輕。詳重略輕，文之常也。然亦有不詳而固已重之，不略而固已輕之者，存乎其神之向背也。

點題字緩急蓄洩之異，皆從題之真際涵泳得之。先點必後做，後點必先做；先點以開下，後點以結上。後經終義，先經始事。點者，乃經也。

點題字有明有暗。如作破題，明破爲破，暗破亦爲破也，但須相其宜而行之。

點題字要自然，又戒率意。或在比中，或在比外，皆須出得有力。

題中要緊之字，宜先於空中刻鏤，反處攻擊；若非要緊之字，或可作平常說出。

「出」「落」二字有別。自無題字處點題字，可謂之出，不可謂之落；自題中此字出彼字，就彼字而言謂之出，就自此之彼而言謂之落。審於出、落之來路去路，文之脈理斯真矣。

出、落以結上開下，須視結至何處，開至何處。有所結多而所開少者，有所結少而所開多者。大凡在前者多開；在後者多結；中間或多結，或多開。

昔人論布局，有原、反、正、推四法：原以引題端，反以作題勢，正以還題位，推以闡題蘊。

空中起步，實地立脚，絶處逢生，局法具此三者，文便不可勝用。尤在審節次而施之。

起、承、轉、合四字，起者，起下也，連合亦起在内；合者，合上也，連起亦合在内；中間用承用轉，皆兼顧起、合也。

局法，有從前半篇推出後半篇者，有從後半篇推出前半篇者。推法固順逆兼用，而順推往往不如逆推者，逆推之路較寬且活也。

文之順逆，因題而名。順謂從題首遞下去，逆謂從題末繞上來。以一篇位次言之，大抵前路宜用順，後路宜用逆，蓋一戒淩躐，一避板直也。

文局有寬有緊。大抵題位寬則局欲緊，題位緊則局欲寬。

文局有先空後實，有先實後空，亦有疊用實疊用空者；有先反後正，有先正後反，亦有疊用正疊用反者。其疊用者，必所發之題字不同。至正反俱有空實，空實俱有正反，固不待言。

文之有出對比共七法，曰：剖一爲兩，補一爲兩，迴一爲兩，反一爲兩，截一爲兩，剝一爲兩，襯一爲兩。

柱分兩義，總須使單看一比則偏，合看兩比則全。若單看已全，則合看爲贅矣。

立柱須明三對。大抵言對不如意對，正對不如反對，平對不如串對。

柱意最要精確，如題中實字、虚字及無字處，各有當立之柱。若非其柱而立之，則可移入他題；即不然，亦可於本篇中前後互換矣。

分析題義，用兩與用二不同。二，有次序，串義也；兩，乃敵耦，平義也。

文家皆知鍊句鍊字，然單鍊字句則易，對篇章而鍊字句則難。字句能與篇章映照，始爲文中藏眼。不然，乃修養家所謂瞎鍊也。

多句之中必有一句爲主，多字之中必有一字爲主。鍊字句者，尤須致意於此。

文家用筆之法，不出紆陡相濟。紆而不懈者，有陡以振其紆也；陡而不突者，有紆以養其陡也。

筆法之大者三：曰起，曰行，曰止。而每法中未嘗不兼具三法，如起，便有起之起，有起之行，有起之止也。

起筆無論反正虚實，皆須貫攝一切，然後以轉接收合回顧之。

正起反接，反接後復將反意駁倒，則與正接同實，且視正接者題位較展，而題義倍透。故此法尤爲作家所尚。

文有因轉接而合者，有因轉接而開者。春夏秋冬，秋冬春夏，一也。

筆法，初非本領之所存，然愈有本領，愈要講求筆法，筆法所以達其本領也。

問起講何尚，曰：要起得起。問入手領題何尚，曰：要領得起。問提比何尚，曰：要提得起。

提比要訣，全在原題。不知原題而横出意議，豈但於本位不稱，并中後之文亦無根本關係矣。

前路要意寬語緊，緊乃所以善用其寬；後路要意實語靈，靈乃所以善用其實。

制藝體裁有二：一本注釋，就題詮題也；一本古文，夾敘夾議也。注釋，合多開少；古文，小開大合、大開小合俱有之。

先敘後議，我注經也；先議後敘，經注我也。文法雖千變萬化，總不外於敘、議二者求之。

開合分大小，以文言，不以題言也。就一比論之，開大者，如十句開一句合是也；

合大者，如一句開十句合是也。若按諸題字，則爲題中一字作開者，必仍就此一字合，合處不得添出一題字；爲題中兩字作開者，必仍兼此兩字合，合處不得減去一題字。何大小之可分耶？

立一義於先，然後有離有合。離者離此，合者合此也。若未嘗先有所立之義，不知是離合箇甚。

文有合前之開，有開前之開。如「今又棄寡人而歸」兩句，以「得侍同朝甚喜」爲開；「得侍」句又以「前日願見而不可得」爲開也。

文於題全反爲正，半反爲翻。如題言如此則好，言文不如此則不好，是上下兩截俱攻題背，要其意中則仍是言如此則好耳，故曰全反爲正。若題言如此則好，言文不如此也好，是反上截；或言如此也未必好，是反下截，所謂半反爲翻也。

凡就題之反面抉其弊者，是正文，非反文也。而人往往以反文目之，爲其與反文相似耳。欲實知其爲正爲反，有驗之之法，但權將本題接入文下，而以「故」字冠其首，如接得者便知是正文矣。若非正文，何以不待用「然」字作轉乎？

文有非面，如不知者以爲爲肉是也；有似面，如其知者以爲爲無禮是也。

襯法有捧題，有壓題。捧題以低淺，壓題以高深。

襯托不是閒言語，乃相形相勘緊要之文，非幫助題旨，即反對題旨，所謂客筆主意也。

文之颺處爲寬，拍處爲緊。用寬用緊，取其相間相形。若全寬是無寬，全緊是無緊也。

文忽然者爲斷，變化之謂也，如斂筆後忽放筆是；復然者爲續，貫注之謂也，如前已斂筆，中放筆，後復斂筆以應前是。

抑揚之法有四，曰欲抑先揚、欲揚先抑、欲抑先抑、欲揚先揚。沈鬱頓挫，必於是得之。

「振」字訣其用有三，曰振下、振上、兼振上下。

文有關鍵便緊。有題字之關鍵，如做此動彼是也；有文法之關鍵，如前伏後應是也。

文要針鋒相對：起對收，收對起，起收對中間。但有一字一句不針對，即爲無著，即爲不純。

章法之相間，如反正、淺深、虛實、順逆皆是；句法之相間，如明暗、長短、單雙、婉峭皆是。

拍題有正拍、反拍、順拍、倒拍之不同，而全在未拍之先善爲之地，所謂「翔而後集」也。

文不外理、法、辭、氣。理取正而精，法取密而通，辭取雅而切，氣取清而厚。有題之理法，有文之理法。以文言之，言有物爲理，言有序爲法。

文之要三：主意要純一而貫攝，格局要整齊而變化，字句要刻畫而自然。

文無一定局勢，因題爲局勢；無一定柱法，因題爲柱法；無一定句調，因題爲句調。不然，則所謂局勢、柱法、句調者粗且外矣。

文莫貴於高與緊。不放過爲緊，不犯手爲高。

文之善於用事者，實者虛之，虛者實之；文之善於抒理者，顯者微之，微者顯之。

文要不散神，不破氣。如樂律然，既已認定一宮爲主，則不得復以他宮雜之。

文尚奇而穩，此旨本昌黎《答劉正夫書》。奇則所謂異也，穩則所謂是也。

立天之道曰陰與陽，立地之道曰柔與剛。文，經緯天地者也，其道惟陰陽剛柔可以該之。

《易·繫傳》言「物相雜，故曰文」，《國語》言「物一無文」，可見文之爲物，必有對也，然對必有主是對者矣。

制義推明經意，近於傳體。傳莫先於《易》之十翼。至《大學》以「所謂」字釋經，已隱然欲代聖言，如文之入語氣矣。

漢桓譚「遍習《五經》，皆訓詁大義，不爲章句」，於此見「義」對「章句」而言也。至經義取士，亦有所受之。趙岐《孟子題辭》云：「漢興，孝文廣游學之路，《孟子》置博士。訖今諸經通義得引《孟子》以明事，謂之博文。」唐楊瑒奏：「有司試帖明經，不質大義。」因著其失。宋仁宗時，范仲淹、宋祁等奏言有云：「問大義，則執經者不專於記誦矣。」合數説觀之，所以用經義之本意具見。

《宋文鑑》載張才叔《自靖人自獻於先王》一篇，隱然以經義爲古文之一體，似乎自亂其例。然宋以前已有韓昌黎《省試顔子不貳過論》，可知當經義未著爲令之時，此等原可命爲古文也。

元倪士毅撰《作義要訣》，以明當時經義之體例：「第一，要識得道理透徹。第二，要識得經文本旨分曉。第三，要識得古今治亂安危之大體。」余謂第一、第三俱要包於第二之中。聖人瞻言百里，識經旨則一切攝入矣。

經義戒平直，亦戒艱深。《作義要訣》云：「長而轉換新意，不害其爲長；短而曲折意盡，不害其爲短。」戒平直之謂也。又云：「務高則多涉乎僻，欲新則類入乎怪。下字惡乎俗，而造作太過則語澀；立意惡乎同，而搜索太甚則理背。」戒艱深之謂也。

厚根柢，定趨向，以窮經爲主。秦、漢文取其當理者，唐、宋文取其切用者，制義宜多讀先正，餘愼取之。

他文猶可雜以百家之學，經義則惟聖道是明，大抵不離天地之常經、古今之通義也。然觀王臨川《答曾子固書》云：「讀經而已，則不足以知經。」此又見群書之宜博也。

欲學者知存心修行，當以講書爲第一事。講書須使切己體認，及證以目前常見之事，方覺有味。且宜多設問以觀其意，然後出數言開導之。惟不專爲作文起見，故能有益於文。

明儒馮少墟先生，名所輯舉業爲《理學文鵠》。理學者，兼致知、力行而言之也。

我朝論文名言，如陳桂林《寄王罕皆書》云：「雖不應舉，亦可當格言一則。」此亦足破干祿之陋見，證求理之實功已。

文不易爲，亦不易識。觀其文，能得其人之性情志尚於工拙疏密之外，庶幾知言知人之學也與！

附録一　游藝約言

文不本於心性，有文之恥，甚於無文。

徐季海論書，以爲亞於文章。余謂文章取示己志，書誠如是，則亦何亞之有！

文，心學也。心當有餘於文，不可使文餘於心。

文章、書法，皆有乾坤之别：乾變化，坤安貞也。

琴家諸手法，「吟」爲最妙，爲其不盡也。詩、文亦均以之。

詩中有詩，文中有文，真也。詩莫作詩解，文莫作文解，寓也。

英雄出語多本色，辛稼軒詞於是可尚。

不論書、畫、文章，須以無欲而静爲主。

善文者，内出而無窮；不善文者，外挹而有限。

辭必己出，書、畫亦當然。

懷素書，筆筆現清凉世界。

悟有頓漸。學書從摹古人得者，漸也；從觀物得者，頓也。

文章家知尚見解，尚議論，而不以虛見解、虛議論爲戒，則雖實多虛少且以害事，況實少虛多乎！

《記》言后稷「其辭恭，其欲儉」。後世講文度、文品者，可以思矣。

文求自慊，非以慊人。然人心之同，卒亦不出自慊之外。陶淵明文「示己志」，所以人多好之。

文莫貴於深造自得。深造，人之盡也；自得，天之道也。

真古無託，託古之意即俗也。真美無飾，飾美之意即醜也。

學文學書，皆有古有俗。凡所貴於古者，爲其無欲也。若借古要譽，是其欲顯。然視出於俗者，其俗尤甚。

修辭有修潔之修，有修飾之修。潔者修之極，飾者潔之賊也。

書有分數非難，有無分數之分數爲難。

高山深林，望之無極，探之無盡。書不臻此境，未善也。

書要有金石氣，有書卷氣，有天風海濤、高山深林之氣。

書要韌而愈勁，峻而愈韻。

《老子》有「爲道日損，損之又損」之言。禪家有「剥蕉心」之喻。書得此意，塵俗何從犯其筆端？

詩有兩種可爲，一雄深雅健，一純古澹泊。

無爲之境，書家最不易到；如到，便是達天。

書有骨重神寒之意，便爲法物。

高手作書，於衆所矜處不矜，於衆所忽處不忽。觀此，始知俗書之矜所不必矜，忽所不可忽也。

《石鼓》有磅礴、鬱積、盤拏、倔强之意。

字畫之長短肥瘠，無取意同，但觀鳥行蟲食之迹可悟。

詩文書畫皆要去熟氣，然人乃氣之先見者也。

「大善不飾」，故書到人不愛處，正是可愛之極。

詩之正品，有「肫肫其仁」，有「浩浩其天」，其中皆須有個「淵淵其淵」在。

古人所知者多，所言者少，是以其人純而厚；後人所知者少，所言者多，是以其文雜而薄。

文之用意，有共知，有獨喻。合二者論之，則各有所宜，亦各有所弊也。

孟子以「性善」爲宗，荀子以「勸學」爲宗，其文亦若有性、學之別。蓋一則行所無事，一則奮然用力也。抑豈惟孟、荀哉？百世之文，皆可以是等之。

文之理法通於詩，詩之情志通於文。作詩必詩，作文必文，非知詩文者也。

詩文書畫之病凡二，曰薄，曰俗。去薄在培養本根，去俗在打磨習氣。

文取自慊，非求慊人。慊人者，鄉愿之文也。

無爲者，性也，天也；有爲者，學也，人也。學以復性，人以復天，是有爲仍蘄至於無爲也。畫家逸品出能品之上，意之所通者廣矣。

《古詩十九首》，喜怒哀樂，無不親切高妙，所以令人味之無極。

《古詩》「努力崇明德，皓首以爲期」，此「止乎禮義」也。前此諸悽愴之言，皆所謂「發乎情」。

「大德不踰閑，小德出入可也」，此一部《史記》大意。然論乎其世，已難以比《書》與《春秋》矣。

學亦游也，游亦學也。若太史公者，其可與游學者乎！

《春秋》本文，有實字，有虛字，有無字處，《公羊》《穀梁》於實、虛字皆有發明，其發明無字處，乃所謂「補苴罅漏，張皇幽邈」也。

辭取乎文久矣，而文亦有別。蓋富而文者易見，簡而文者難知。

「剛健中正，純粹以精」，「篤實輝光」，孟子之文兼擅乎此。太史公之「雄深雅健」，恐猶若舍黝之於曾子、子夏焉。

意先文後，謂後路之文，其意反是先有；意後文先，謂前路之文，其意反是後有也。至意先文先、意後文後者，則無待辨而知之。

舉少見多，貫多以少，皆是《史記》絜處。

「秘響旁通，伏采潛發」。響而曰「秘」，采而曰「伏」：文至此，其深矣乎。

「發乎情，止乎禮義」，豈惟《詩》哉？《離騷》亦然。

《春秋》，議體也。《莊子》云：「《春秋》經世〔先王之志〕，聖人〔進〕〔議〕而不辯。」然則孰爲辯體？曰：如《孟子》便是。

字不出雕、樸兩種。循其本，則人雕者字雕，人樸者字樸。

偶爲書訣云:「古人之書不學可,但要書中有個我。我之本色若不高,脱盡凡胎方證果。」不惟書也。

讀書皆須有用。如讀《莊子》,可於「窮賤易安,幽居靡悶」處會之。

書之病,如「薄」「俗」之類,皆人之病所形也。倘不由末推本而變化之,可乎?

古人作文,視飾爲塵垢;後世作文,以塵垢爲飾。文品相去,所由遠矣。

詩文書畫,皆生物也。然生不生,亦視乎爲之之人,故人以養生氣爲要。

善書者不出廉、立、寬、敦四字。然則欲從事於書,莫如先師夷、愚。不然,則頑懦鄙薄之書,且將接迹於世也。

書雖小道,學書者亦要不見惡於聖人。聖人所惡者,舍狂狷而就鄉愿也。

書家體不潔,由其志不潔也。志潔者必能空諸所有,不至以猥雜之習錮之。

文貴於達。直達,曲達,皆達也。就一篇中論之,要隨在各因其宜,不拘成見。

文尚學者,要歸尚道;尚道者,「損之又損」。

東坡云:「我書意造本無法。」蓋無法者,法之至。佛言「無法可説,是名佛法」,即此意也。

論詩者謂「鍊字不如鍊意」，此未能鍊意者之言也。夫鍊字亦鍊字之意而已矣，豈舍意而别有所謂鍊字乎？

作書當如自天而來。不然，則所謂「爲者敗之，執者失之」也。昔人謂「好詩必是拾得」，書亦爾爾。

作文，作詩，作書，皆須兼意與法。任意廢法，任法廢意，均無是處。

杜詩云：「前輩飛騰入，餘波綺麗爲。」以詞而論，「飛騰」惟稼軒足當之，「綺麗」者則不可勝舉。

《書譜》云：「古質而今妍。」可知妍、質爲書所不能外也。然質能藴妍，妍每掩質，物理類然。

古人詩以言志，而後人或且喪志者，由詩外無事而已。然有事無事，正可從詩辨之。

東坡論少陵「詩外尚有事」。蓋詩外無事者，詩匠也。詩而匠，則詩亦焉能爲有哉！

人尚本色，詩文書畫亦莫不然。太白「清水出芙蓉，天然去雕飾」二句，余每讀而樂之。

聖而不可知之謂神。書之神者變動無方，不但人不能知，己亦不能豫知，「聖」殆不足以名之。

先有在物之理，而後有處物之義。作事然，作文亦然。

文家會用字者，一字能抵無數字；不會用字者，一字抵不到一字。字如此，則句與段落皆可知矣。

兵家「能而示之不能，用而示之不用」二語，亦書家所寶。

書要筆筆實落，又要筆筆變動，蓋道不越乎「誠而神」。

老子有云：「微妙玄通，深不可識。」余謂書之道正復如此。故氣質粗者，不可以爲書。

堂上人氣象，與趨走供役於堂下者不同。詩文書畫，所以貴有度有品。

陶淵明言「常著文章自娱，頗示己志」，書畫家當亦云爾，彼蓋即以書畫爲文章也。

「文」字古多作「文明」解。蓋自内出，非由外飾也。

《論語》獨記《楚狂之歌》，《孟子》獨稱《孺子之歌》。狂乎，孺乎，其聲歌之天趣乎？

以《易》道論詩文，文取「擬之議之」，要歸於「何思何慮」；詩取「何思何慮」，要起於「擬之議之」。

鄉愿之文，要做成個雅俗共賞，究之俗賞而已。若雅則方且惡之，又何賞焉！

書要「無一物而不化」之筆。或以有爲求化，乃愈失之。

無論文章書畫，俱要蒼而不枯，雄而不粗，秀而不浮。

《莊子》之文如空中捉鳥，捉不住則飛去。俗文乃如捉死鳥。夫鳥既死矣，猶待捉哉？

文不外乎始、中、終。始有不得求諸中、終，終有不得求諸始、中，中有不得求諸始、終。但執本句本字以論得失，非知文者也。

文之善有二：理法存乎戒也，才思存乎慧也，志趣存乎定也。不善亦有三：貪者不節，癡者不活，嗔者不和。

文之不飾者，乃飾之極。蓋人飾不如天飾也。是故《易》言「白賁」。

冰桃雪藕，食之鮮可以飽，然却病延年，粱肉不逮。論詩者所以當知無用之用也。

書能蒼中藏秀，乃是真蒼。蓋老而不老者，仙也；不老而老者，凡也。

商丘子力無敵於天下，而六親不知，蓋力貴含不貴露也。書力亦當如是。

書尚遒逸。「遒」非直勁焉而已，「逸」非直秀焉而已。

詩文家每多以豪曠自喜，是故不能近道。然一味幽抑，弊亦均焉。

《左氏》之文儘整肅，《檀弓》之文儘豈弟。

《孟子》之文，可即評以孟子之言，曰「是集義所生者」，曰「其爲氣也，至大至剛」。

荀、揚之文，與董仲舒、王仲淹之文氣體有别。退之、介甫似荀、揚，歐、曾似董、王。

勁氣、堅骨、深情、雅韻四者，詩文書畫不可缺一。

或謂樂志之文别有懷抱，非也。乃不樂者自生顛倒耳。

詩之衰也，有憂生之意。六朝、晚唐皆然。

學詩以爲文者，昌黎似子美，東坡似太白。

「善建者不拔」，起筆取之；「善抱者不脱」，收筆取之。

「抗兵相加，哀者勝矣。」王仲淹《中説》、歐陽永叔《五代史傳贊》，皆得此「哀」字訣者。

文中要有丘壑，有路徑。路徑在通處見，丘壑在別處見。

太白詩，東坡文，俱有「空山無人，水流花開」之意。

東坡詩，字字華嚴法界。「華嚴界」一謂「清涼界」，坡所謂「讀我壁間詩，清涼洗煩煎」是也。余因是意廣之曰：列子文，字字現「華胥界」；陶淵明詩，字字現「桃源界」。

《史記》低昂反覆，善矣。然較三代之文，有不平意，蓋當時身世使然。

東坡文有能品，有逸品。其逸品在能品之上。

東坡文以透漏勝，半山文以皺瘦勝，其皆師於石者耶？

《易》「无方无體」，《莊子》似之；《書》「有倫有要」，《左氏》似之。

文尚奧衍久矣。直者曲之，奧也；狹者廣之，衍也。奧，故熟者能避；衍，故絕處能生。

文要去盡外話。外話者，出乎本段、本篇宗旨之外者也。外話起於要多、要好。簡則由他簡，澹則由他澹，斯外話鮮矣。

詩文怕有好句，惟能使全體好，則真好矣。書畫怕有好筆，惟能使全幅好，則真好矣。

詩有俗體，文亦有俗體，乃至書法亦有俗體。俗體不一，矯揉造作，其尤也。

凡文中緊要之地，斷不可以放過些子。此即專管本意猶恐有不及處，若復以他意參之，與認賊作子何異！

亂頭粗服，自有龍章鳳姿。太史公文，準是觀之。

詩無論五言、七言，總不出分、并二法。何謂分？一句分作數句是也。何謂并？數句合作一句是也。當分而并，則躁而竭；當并而分，則鈍而累。故分合極宜審也。

消多爲少，衍少爲多，馭題作文皆有之。

化一題爲數題，則有「息法」；化數題爲一題，則有「消法」。《易》曰：「損益盈虛，與時偕行。」善爲文者以之。

如題之法，有約題，有展題，不然謂之死於題下；行文之法，有約文，有展文，不然謂之死於文下。

文有大概語，有特地語。特地語每從大概語得之，亦以互映生色也。

飛筆、振筆、養筆，三者最要。恐其滯則用飛，恐懈則振，恐躁則養。

凡文發端必有交代，若無交代，是猶前無發端也；交代後必有發端，若無發端，是猶前無交代也。自一篇以至數句皆然。

文至易隳處，即須飛起。然天下事當得此意者不惟文。

學文藝者，執名相窠臼求之，則藝必難進；就使能進，亦復易退。要知非空諸所有，不能包諸所有也。

老年之人，胸次以瀟灑閒澹爲上，此本「戒之在得」之義，非爲作文而然也。然能如是，則所養可知，而文亦可知矣。

文之道，在鼓之舞之以盡神。鼓舞有爲而神無爲，有爲正無爲之所自見也。

或問：「書以何爲正脉？」曰：「王道者是。」問：「何爲王道？」曰：「純乎德禮，而無所爲而爲之者是。」

古人書看似放縱者，骨裏彌復謹嚴；看似奇變者，骨裏彌復静正。或疑書真有放縱奇變者，真不知書矣。然豈惟不知書而已哉？

詩與古別，草書與真書別。蓋意興所發不致改常，所由乘風凌雲，無所不可也。

《國策》之文尚意，《史記》之文尚氣，《左氏》之文尚物則。

《莊子》《離騷》少欲多情。知情與欲不同，則知兩家之同。

東坡文有與天爲徒之意。前此則莊子、淵明、太白也。

問：「詩文書畫，何以能通鬼神之奧？」曰：「中有體物不遺者存。」

詩文書畫之品，有狂有狷。若鄉愿，無是品也。

顏魯公書不顛不狂，而自有天趣；楊少仲書亦顛亦狂，而自有分數。謂顏似杜甫，楊似李白，意在斯乎？

有狂篆、狂隸，有莊行、莊草。莊正而狂奇，此亦「裒益平施」之理，達者自知。

文多莊，詩多狂，然亦有文狂詩莊者。五言多莊，七言多狂，然亦有五言狂、七言莊者。此因題各有宜，不可狃於成見也，要在各如其題耳。

俗詩避拙就巧，避疏就密，不知詩天機也。天機所到，則內不見己，飢渴可忘；外不見人，毀譽悉置。更有何避就得入其胸次乎？

文固尚意，然頗僻邪侈之文，固非無意也。意之所尚，亦曰「惟其是而已」。

骨深氣邁，於文得一家，曰太史公；於詩得一家，曰曹公。

不龜手之方用之戰，好道用之解牛。善文者之御題，不震於大，不忽於小，如之。

不毀萬物，當體便無；不設一物，當體便有。書之有法而無法，至此進乎技矣。

文之善者疏而不漏，不善者漏而不疏。

書之所貴，在勁與婉。硬者似勁愈不勁，軟者似婉愈不婉，然後知勁、婉之難言也。

文章書畫，有神品、逸品。神無方無體，逸無思無爲。「神氣風霆，逸情雲上」二語，可以見意。

如蘭，如玉，如金，如石。文章書畫兼此四「如」，那得差！

書要有規矩繩墨。然規矩繩墨有天有人：人似嚴而實寬，天似寬而實嚴也。

道不泥言説形象，亦不離言説形象，是故文章書畫皆道。

道家「養嬰兒」，書亦應爾。嬰兒養成，則入乎形內，出乎形外，莫非是物。豈復可尋行數墨以求之？

文有官有家。官，所同也；家，所獨也。

身在甕外，方能運甕；身在衣內，方能勝衣。斯意也，在文則一馭題、一稱題也。

「利斷金」「温如玉」二語，可作書評。褚河南之「金生玉潤」，缺一則未免有弊。

漢隸能物物，唐隸物於物。化齊處一，通得此意，可以辨一切書。然豈惟書哉？

東坡之文，近於太白之詩。此由高亮灑落，胸次略同，非可以其迹象論離合也。

大家貴真，名家貴精。然纖屑非精，率易非真也。文章書畫，俱可本此辨之。

文當兼尊、親二字。高風亮節，尊也；深情厚誼，親也。

文有忸氣，有勝氣。忸氣在小人爲多，勝氣雖君子不免。若誠知「畏天憫人」，何以勝爲！

淵明少欲，屈子多情，此就兩家文而論其迹也。然其趨則未嘗不同。

「直在胸中貧亦樂，屈於人下貴奚爲」，此邵子詩也。文家常誦此二語，其文當無奴隸之態。

神仙迹若游戲，骨裏乃極謹嚴。旭、素草書如之。

陶淵明詩文，幾於知道。至語氣真率，亦不誇，亦不讓，亦令人想見其爲人。

馬、班文各有所似：馬如高帝之無可無不可，意豁如也；班如光武之動如節度，不喜飲酒也。然子陽之修飾邊幅，班亦不取之矣。

有爲，法之所以不貴者，人也，非天也。天真而人僞。夫文章書畫，亦欲其真而已矣。

陶詩「誰謂形迹拘，任真無所先」，《五柳先生傳》大意，即此可括。

附録二　傳記及評論資料選輯

左春坊左中允劉君墓碑

俞　樾

光緒七年，國史館上言：「《儒林傳》曠不修，懼經明行修之士久而湮没不著，宜下各直省采訪以聞。」從之。於是江蘇巡撫以故左春坊左中允劉君事實，咨送史館。海内士大夫知其事者，僉曰允哉。君事實既在史館，自足傳後，無待空言表襮。然墓道立碑，自漢以來然矣。君自上海以疾歸，微語諸子曰：「如我死，則志墓之文以屬德清俞樾。」君卒，諸子以狀告於樾。樾亦病，因循未作，而君已葬矣，埋幽無及焉。乃爲譜其系，敘其出處，述其行誼與其學術，紀其生卒，因及其所生而系以銘，俾刻石墓道，用稔來者。

其系曰：君諱熙載，字伯簡，號融齋，江蘇興化劉氏。曾祖考諱瓚，字瑟玉；祖考諱銓，字衡掌；考諱松齡，字鶴與。自曾祖妣以至於妣，并姓王氏。祖、父皆以君貴，贈奉政大夫，妣皆宜人。

其出處曰：君於道光十九年舉於鄉，二十四年成進士，改翰林院庶吉士，授編修。咸豐三年，文宗顯皇帝召對稱旨，旋奉命值上書房。久之，上見其氣體充溢，蚤暮無倦容，問所養，對以「閉户讀書」，上嘉焉，書「性静情逸」四大字賜之。六年，大計群吏，君在一等，記名以道府用。君旋以病乞假。十年，胡文忠公特疏荐君「貞介絶俗」。同治元年，詔起舊臣，而君與焉。其明年，兩奉寄諭，趣入都。三年，補國子監司業。其秋，命爲廣東學政，補春坊左右中允，引疾歸，遂不出。主上海龍門書院講席以終。

其行誼曰：君少孤苦，及貴，不改其初。以翰林直内廷，徒步無車馬。視廣東學，一介不苟取。諸生試卷，無善否畢讀之。或曰：「次藝可無閲。」君曰：「不觀其全，而謂吾已得之，欺人乎？自欺也。」試畢，進諸生而訓之。作《懲忿》《窒欲》《遷善》《改過》四箴，以示之。其主講龍門歷十四年，與諸生講習，終日不倦。每五日必一一問其所讀何書，所學何事，講去其非而趨於是。丙夜或周視齋舍，察諸生在否。其嚴密如此。然與之居，温温然無疾言厲色。性嗜酒，招之飲，欣然往，雖醉不亂。檝時亦頻至上海，至必訪君。君亦數數來，談諧甚樂，初不覺其藐然高厲也。而意所不可，卒莫之能奪。嘗有異邦人求見，三至三却之。一日，徑造其庭，君在内抗聲曰：「吾不樂與爾曹見。」其人悚然去，竟不得見。

其學術曰：君幼敏悟，父鶴與君曰：「此子學問當以悟人。」故晚年自號寤崖子云。自《六經》、子、史外，凡天文、算術、字學、韻學及仙釋家言，靡不通曉，而尤以躬行爲重。嘗曰：「學求盡人道而已。」所著書有《持志塾言》二卷、《藝概》六卷、《四音定切》四卷、《說文雙聲》二卷、《說文疊韻》二卷、《昨非集》四卷，皆刊以行世。日記若干卷藏於家，未刊。

其生卒曰：君生於嘉慶十八年正月癸巳，卒於光緒七年二月乙未，年六十有九。于某年月日葬某原。娶宗氏，以君官封宜人，先卒。生丈夫子三：彝程，國學生；展程，光緒元年恩科舉人；尊程，縣學生。女子子二：高郵吴嵩泰，泰州唐恩祥，其婿也。孫三人：啓銑、增銑、祥銑。

其銘曰：士生今世，學術大明。貴在擇守，無取更張。云何漢宋，若判井疆。我觀君容，恭儉温良。粹然無滓，元酒太羹。我觀君行，克柔克剛。意之所可，歡然承迎。其所不可，凛若冰霜。我讀君書，靡有不祥。高論道德，下逮文章。至于聲律，剖毫析芒。至於詞曲，乃亦所長。君之所學，小大具臧。宜其翕然，令聞令望。天子嘉歎，巨公表揚。名在國史，澤在膠庠。學無宋元，亦無漢唐。一言居要，要在躬行。躬行君子，久而彌芳。我作斯文，刻石墓旁。俾千百世，知學之方。學君之學，吾道以亨。

（《春在堂雜文》四編三）

劉融齋中允別傳

蕭　穆

光緒八年月日，國史館上言：「《儒林文苑傳》曠不修，懼經明行修之士久而湮没不著，宜下各直省采訪以聞。」從之。於是江蘇巡撫衛公榮光，以故左春坊左中允興化劉君事實上聞。七月日奉旨：「原任詹事府左春坊左中允劉熙載，前在上書房行走，曾任廣東學政，旋因病請假，主講上海龍門書院，品學純粹，以身爲教，成就甚多，洵足爲士林表率。著即宣付國史館，列入《儒林傳》，以彰碩學。欽此。」仰見聖主敦崇實學，嘉惠儒臣，式刑多士之至意，於是海内士大夫知其事者僉曰：「允哉！」公傳在史館，名在天下，既足傳諸天下後世矣。然金匱石室之藏，非草茅所得聞見。穆自同治十一年壬申之冬，客游海上，與公還往凡八九年，稍能窺公學行崖略，乃據公《家狀》及其所撰諸書大旨，别爲一傳，以示同志者焉。公諱熙載，字伯簡，一字融齋，江蘇興化劉氏。曾祖瓚，祖銓，考松齡，世以耕讀傳家。公少孤貧力學，中道光十九年己亥恩科舉人。二十四年甲辰，成進士，改翰林院庶吉士。二十五年乙巳，散館授編修。咸豐三年癸丑，文宗顯皇帝召對稱旨，奉命直上書房。久之，上見其氣體充溢，早莫無倦容，問所養，對以「閉户讀書」，上嘉焉，書「性静情逸」四大字賜之。六年丙辰，京察，公名在一等，記名以道府用。旋以病乞假。十年庚申，湖北巡撫胡公林翼特疏薦公「貞介絶俗」。同治元年壬戌，詔起舊臣，公與焉。其明年，兩奉寄諭入都。三年甲子，補國子監司業。其秋，命督廣東學政，旋補春坊左右中允。五年丙寅，引疾歸，遂不出。當道請主講上海龍門書院，凡十四年以終。公秉性儉約，至貴不改其初。嘗以翰林直内廷，徒步無車馬，有晏子「浣衣濯冠」之風。視廣東學，一介不苟取，諸生試卷無善否，畢閲之。試畢，進諸生而訓之，如家人父子焉。作《懲忿》《窒欲》《遷善》《改過》四箴以示之。其主講龍門書院，與諸生講習，終日不倦。每五日必一一問其所讀何書，所學何事，黜華崇實，祛惑存真。嘗午夜周覽諸生寢室。其嚴密如是。與人居，温温然無疾言厲色。與客言，善談議，亦時雜詼諧嘲笑，恒不見其有高邁遠俗之概。而意有所不可，亦卒莫之能奪也。閑居敝衣糲食，不多用一錢。親故有貴顯，遠有饋不一取，有貧苦必多方周濟，而待客又必盡豐潔。其處己接物，變動不拘又如此。幼敏悟，太翁鶴與公嘗曰：「此子學問當以悟入。」故公晚年亦自號寤崖子。自《六經》、子史、天文、算法、字學、韻學，下至詞曲以及仙釋家言，靡不通曉。尤以躬行爲重。嘗曰：「所貴於學者，求盡人道而已。」所著書有《四音定切》四卷、《説文雙聲》二卷、《説文疊韻》二卷、《持志塾言》二卷、《藝概》六卷、《昨非集》四卷，皆公晚年在書院自爲校刊行世。又有自記語録若干卷，藏於笥，未能整理。其敘《四音定切》曰：「余幼讀《爾雅釋詁》，至卬、吾、台、予四字，忽有所悟，以爲此四字能收一切之音。後證之諸韻書，皆合，益自信，乃易以欸、意、烏、于四字。蓋欸、意、烏、于，皆取聲音之名以爲名，其於卬、吾、台、予，則欸代卬、意代台、烏代吾、于代予也。前數年，客有問余以切字法者，余先問之，曰：『子知開口正音、開口副音乎？』曰：『知之。』『子知合口正音、合口副音乎？』曰：『知之。』『開正一名開口，開副一名齊齒，合正一名合口，合副一名撮口，子知之乎？』曰：『知之。』曰：『吾有常言之四字欸、意、烏、于是也，子知之乎？』客曰：『將焉用此？』曰：『然則子之所謂知者，豈誠知乎？夫欸字收聲者名開口音，意字收聲者名齊齒音，以及收烏名合口，收于名撮口。自非先辨欸、意、烏、于，何以能定開齊合撮也？不能定開齊合撮而欲切音，更何以能定上一字母、下一字韻也？吾試問子關、雎、河、洲四字於欸、意、烏、于宜若何分屬？』客謝未能。余曰：『子試於關字長其聲以讀之，雎、河、洲三字皆長讀之。』客從余言。余曰：『子覺關字下隱然有一彎字乎？雎字下隱然有一于字乎？河字下隱然有一阿字乎？洲字下隱然有一優字乎？』曰：『然。』『彎亦烏也，阿亦欸也，優亦意也，于則無俟復言。是則開齊合撮不既定矣乎？推之一切韻之收聲可知矣。』客悦，曰：『此指吾未前聞，然尤願論撰以貽後學，俾得與能也。』余時頗心許之。今余爲《圖説》既成，又因及門黄接三鑽研韻學，與之準佩文詩韻字數，輯爲《韻釋》四卷。事固有難已者，書名《四音定切》，蓋原其實，且使余向者之所以自悟，與所以告客者，胥統焉。」其敘《説文雙聲》，曰：「切音始於西域乎？非也。始於魏孫炎乎？亦非也。然則於何而起？曰：起於始製文字者也。許氏《説文》於字下繫之以聲，其有所受之矣。夫六書中較難知者莫如諧聲，疊韻、雙聲皆諧聲也。許氏論形聲，及於江、河二字。方許氏時，未有疊韻、雙聲之名。然河、可爲疊韻，江、工爲雙聲，是其實也。後世切音，下一字爲韻，取疊韻；上一字爲母，取雙聲。非此何以開之哉？

是編獨詳雙聲者，以韻有古今之別，雙聲則古今一也。徐鉉等注《説文》字音，以孫愐《唐韻》音切爲定。要之，許氏之聲本可爲切，由古人製字，其中本具字母也。是編韻借孫氏母，即用許氏之聲。如江字，許云工聲，注古雙切。今用許氏之本聲，易古雙切爲工雙切，不正切江字乎？由江字推之，如脂字，許氏旨聲。模字，許云莫聲。孫氏業已取其聲以爲母矣。至於虞、佳、殷、蕭、宵、尤等字：虞，吴聲；佳，圭聲；殷，㐆聲；蕭，肅聲；宵，肖聲；尤，又聲。苟以許聲加孫韻，皆可爲切，而一切雙聲之字，不皆可知乎？夫雙聲之大略不外乎清、濁二聲之從類，及開口、齊齒、合口、撮口四呼之相通。自有切音以來，學者固皆知之。惟其知之，則與余之溯源於古人製字之本音必有合也。余纂《説文雙聲》，僅舉崖略。及門陳仲英以爲裨於小學，孜矻助余成之。學者誠因是編以契許氏之聲，因許氏以契古人製字之音，庶無負諧聲之本指也哉。」其序《説文疊韻》曰：「書以《説文疊韻》名，疊韻也者，疊古韻也。古韻有與今同，有與今異。與今同者，即爲今韻。何以不疊今韻？今韻不勝疊也。夫古韻可據者，有若《詩》三百篇焉，有若屈、宋之辭焉。推之凡古有韻之文無不可見，何必許氏一人之書？顧許氏於字下繫聲，所以著韻即出於其字，雖雙聲亦在其内。要不及疊韻之多。即但以疊古韻而言，其字亦豈少哉！論者於河、可共知爲疊今韻，於江、工或但以雙聲目之。其實雖取雙聲，亦取疊古韻也。然則欲明古韻，舍《説文》其可乎？閒嘗以此語及門袁竹一，竹一所見輒符余，因與之輯《疊韻》上下卷，以明《説文》合體之字與獨體之聲，體既相因，韻自相合，即有不合，亦由後人之失讀，類非古韻之本然。是編於許聲雖若有信之過者，然過信猶愈於過疑，況信未必過也。同校者爲及門黄淵甫，蓋亦以其明於許書而屬之。至《古韻大恉》，爲余舊著，今列爲首卷。雖所言不專在《説文》，要與《説文》相發云。」公於音韻、小學確有心得。之外，而潔身修行，與有宋諸儒言行相爲表裏。凡日有心得，隨筆記載，晚年手編定爲《持志塾言》上下二卷。内分子目二十事：曰《立志》、曰《爲學》、曰《窮理》、曰《存省》、曰《擴充》、曰《克志》、曰《力行》；上卷。曰《盡倫》、曰《立教》、曰《人品》、曰《才器》、曰《致用》、曰《濟物》、曰《正物》、曰《處事》、曰《處境》、曰《處世》、曰《天地》、曰《心性》、曰《禮樂》。下卷。復爲之序曰：「《孟子》始言『持志』，志之賴於持也久矣。持之義不一端，大要維持之欲其正也，操持之欲其久也。持之之方不一端，大要善其志之所以養也，慎其志之所以發也。每念古人之學，無不以此爲兢兢；而即可準此以見吾人之失。故余之教於塾也，嘗以『持志』二字額其齋焉。塾中講貫，自聖賢經義以及先儒格言，固皆日有課程矣。其有不及舉古人之辭，但自言之，以取易明者，則隨時筆而存之，蓋以便學者之復習也。原本即名《持志塾言》，惟不立門類，不避重複，未免雜而難約。今姑删複分類，以成二卷，然亦但如原本之所有而未嘗增益，實亦未嘗得整齊次第之宜焉。夫持志之功，深求之而未有盡者也。學者誠由所至而進推焉，則是編者或亦由淺之深之藉也與！」公既以《持志塾言》教授及門諸子及窮鄉晚進之餘，又探討古今人詩賦、古文、詞曲、書法、經義，深造自得，復爲《藝概》六卷。子目有六：曰《文概》、曰《詩概》、曰《賦概》、曰《詞曲概》、曰《書概》、曰《經義概》。自爲之序曰：「藝者，道之形也。學者兼通六藝，尚矣。次則文章名類，各舉一端，莫不爲藝，即莫不當根極於道。顧或謂藝之條緒綦繁，言藝者非至詳不足以備道。雖然，欲極其詳，詳有極乎？若舉此以概乎彼，舉少以概乎多，亦何必殫竭無餘，始足以明指要乎？是故余平昔言藝，好言其概。今復於存者輯之，以名其名也。《莊子》取『概乎皆嘗有聞』，太史公歎『文辭不少概見』，聞見皆以『概』爲言，非限於一曲也。蓋得其大意，則小缺爲無傷，且觸類引伸，安知顯缺者非即隱備者哉？抑聞之《大戴記》曰：『通道必簡。』概之云者，知爲簡而已矣。至果爲通道與否，則存乎人之所見，余初不敢意必於其間焉。」公於古人詞章文學，既有深造獨得之境，嘗有述作，不自收拾，隨時散佚。晚年就篋中所存詩、文、詞、曲各類，編定四卷。而以所仿周秦諸子書寓言四十二篇，曰《寤崖子》，列爲卷端。總爲之序曰：「此集始名《四旬集》，蓋集中所編入，大率四十以前作也。余之少也，學不知道。雖從事於《六經》，然頗好周秦間諸子，又泛濫諸仙釋書，并騷人辭客之悲愁放曠，惜衰暮、感羈旅者，亦未嘗不寓目焉。故當時所作，指趣多所出入，且有傲然自得，而不知其爲非者，豈非沈溺之甚也哉！四十後乃始悔之。又後，則欲勿存之矣。既而思之，非與是不容偏掩者也，是中有非，非中亦豈必無是？狂言聖擇，理或同與？且即未必有是，然存之以著其非，庶鑒余非者，得以及時趨是，而不至若余之過時而悔與！偶憶陶淵明辭，有『昨非』二字，因以名集。昨之云者，豈獨爲四十以前言之乎？四十以後附入者，自視實亦未見是也，故并以『昨非』概之。」以上六書，惟《持志塾言》成於同治丁卯，《藝概》成於癸酉，餘四種均成於光緒三、四、五間，先後公自校刊成之。遺書有《讀書札記》《游藝約言》《制藝書存》三種，乃公歿後，公子彝程等從公篋中所存手稿分類鈔出，示公及門諸弟子，於丁亥冬續刊之。《札記》與《持志塾言》相類，《游藝約言》與《藝概》相類，《制藝書存》原爲《昨非集》之第六卷，公刊集時，尚在游移，未能即時刊入者也。公早年工行楷書法，晚年喜模漢魏人八分篆書。久之，鎔鑄一體，規模奇古，變化無端。人有求者，亦時應之。又嘗命工爲刻一石，時以餉人，亦自喜也。公以光緒六年庚辰夏五月，上海龍門書院構寒疾。其初尚輕，尚能時時見客及拜客。穆以四月間由上海廣方言館附輪船回里，至五月二十七日回館。次日即到龍門書院候公起居，時公構疾已十餘日，尚能談話如故，留同午食。至六月初三日，公乃到廣方言館訪談，移時乃去。自是以後，穆數日輒往書院候問公疾，雖未痊，尚能坐話移時。至十七日，公門弟子沈約齋、袁竹一到館，言公疾久不瘉，思回興化。穆即同局總辦李勉林觀察相商。李君故與公友善，乃爲主張，以本局小火輪船拖帶公舟回鄉較速。公乃清理書院一切事宜，即於七月十三日登舟。時穆亦將有事於蘇州，即附公舟，於十四日巳刻抵蘇州胥門外小泊。穆即別公上岸，時公病已不能興矣。公歸里後，疾亦時重時輕，中間尚能訪老友陳君茂亭一談。至七年辛巳二月乙未，乃終於里第正寢，距生於嘉慶十八年癸酉正月癸巳，享年六十有九。夫人宗氏先公年歿。公子三人，長彝程，太學生，精通天文算法。公嘗與穆談及，時以爲慮，曰：「察見淵魚不祥。」次展程，光緒元年乙亥恩科舉人。三尊程，縣學生。

女二人，長適高郵吴嵩泰，次適泰州唐恩祥。孫三人，啓銑、增銑、祥銑。（《敬齋類稿》卷一二）

劉融齋中允

李詳

吾鄉劉融齋中允，先世阜寧人。蚤孤，刻苦厲學。爲童子師時，默誦蔡沈《書經集傳禹貢注》，熟則繞案背之，貧未見注疏本也。中允道光甲辰赴禮部試，場畢，謁鄉試座師鈕松泉殿撰，鈕問：「場中時藝稿帶來否？」中允赧然曰：「同鄉高南卿先生，以前後作墨卷二比，忽摹名家，體不一律，恐難出房。」鈕取閲之，云：「中郎在此。」後果然。中允督學廣東，僅考四府，移病歸里。步訪親友，一兒捧大帽，一兒執名刺。故友早世者，每登堂拜母，奉以餅金，助甘旨之需，或兼藥物，如化橘紅及桑寄、生亭之類。後主講上海龍門書院，江浙能文之士著録甚夥。已中風矣，猶閲諸生日記。李勉林制軍，時爲製造局總辦。蕭敬孚先生言於李，以小輪船送歸揚州，年餘遂不起。吾鄉清宦，先生其一也。先生主講時，好食鹽漬鴨卵以十許，千文一枚，每日僅食其半。憶蒯禮翁告余一事，云昔寓上海，從先生學算。先生每日午前徒步來，略具數簋待之。先生曰：「不可，即具一殽，毋將我脾氣改壞。」蒯從之。己酉五月，值湘潭王壬秋先生於江寧，曾問先生後裔何如，余具對。王云：「融齋先生很看得起我。」余曰：「見尊集贈劉詩，便知。」壬老曰：「然。」此先生謙德溉人，壬秋年少時便令心折，亦不易也。」（《藥裹慵談》卷五）

謝章鋌評論一則

余于滬瀆書肆得興化劉融齋熙載所著《藝概》，後晤同年吴桐雲大廷觀察，爲言融齋掌教書院，善于談藝，蓋窮年績學之士，惜匆匆歸來未及見也。《藝概》自詩文及經義皆言及，中有《詞曲概》，雖或爲古人所已言者，抑言之而或有可商者，如謂晚唐、五代爲變調，元遺山集兩宋之大成，予皆不能無疑。而精審處不少不可廢也。節録之，以供參考。融齋謂詞喻諸詩，東坡、稼軒，李、杜也；耆卿，香山也；夢窗，義山也；白石、玉田，大曆十子也；其有似韋蘇州者，張子野也。此可參次仲之説，次仲兼以時言，融齋專論格耳。

（《賭棋山莊詞話》續編卷二）

圖書在版編目（C I P）數據

藝概 /（清）劉熙載著 ; 葉子卿點校. -- 杭州 : 浙江人民美術出版社, 2017.1（2025.3 重印）
（藝文叢刊）
ISBN 978-7-5340-5585-0

Ⅰ. ①藝… Ⅱ. ①劉… ②葉… Ⅲ. ①文藝評論一中國一古代 Ⅳ. ①I206.2

中國版本圖書館CIP數據核字(2017)第000890號

藝　概

〔清〕劉熙載 著　葉子卿 點校

責任編輯：霍西勝
整體設計：傅笛揚
責任印製：陳柏榮

出版發行　浙江人民美術出版社
　　　　　(杭州市環城北路177號)
經　　銷　全國各地新華書店
製　　版　浙江時代出版服務有限公司
印　　刷　浙江海虹彩色印務有限公司
版　　次　2017年1月第1版
印　　次　2025年3月第6次印刷
開　　本　787mm×1092mm　1/32
印　　張　7.25
字　　數　125千字
書　　號　ISBN 978-7-5340-5585-0
定　　價　30.00圓

藝 文 叢 刊

第 三 輯

046	東坡先生和陶淵明詩	〔宋〕蘇　軾
047	朱子讀書法	〔宋〕張　洪 〔宋〕齊　熙
048	蟹略　硯箋	〔宋〕高似孫
049	松雪齋題跋	〔元〕趙孟頫
050	燕閑清賞箋	〔明〕高　濂
051	幽夢影	〔清〕張　潮
052	淳化祕閣法帖考正	〔清〕王　澍
053	小倉山房尺牘	〔清〕袁　枚
054	芥舟學畫編	〔清〕沈宗騫
055	山静居畫論（外一種）	〔清〕方　薰 〔清〕盛大士
056	金石學録三種	〔清〕李遇孫 〔清〕陸心源 褚德彝
057	藝舟雙楫（上）	〔清〕包世臣
058	藝舟雙楫（下）	〔清〕包世臣
059	**藝　概**	**〔清〕劉熙載**
060	夢幻居畫學簡明	〔清〕鄭　績